大英图书馆

·侦探小说黄金时代经典作品集·

侦探小说短篇集

THE CHRISTMAS CARD CRIME AND OTHER STORIES

[英] 马丁·爱德华兹　编

夏彬彬　译

中国青年出版社

序　言

欢迎阅读由大英图书馆出版的“侦探小说经典系列”的第三本冬季悬疑小说集。这本书汇编了11篇故事，创作时间横跨半个多世纪，其中既有知名侦探小说家的手笔，也有一些不那么为人所知的作者的作品。这些故事各有千秋，其中有几篇在最初发表后便未曾再版过。

这是“侦探小说经典系列”问世的第12本短篇故事集。无论放在侦探小说的细分门类还是其他门类来看，销量都已远超以往短篇小说集所能达到的量级，这无疑是一件令人欣喜的事。长久以来，出版业内一直认为“短篇小说不好卖”，但我始终认为这是一种先入为主的自我暗示，理应受到质疑。

引人深思的是，早在1956年，由英国犯罪作家协会（CWA）组织出版的第一本短篇小说集的序言就曾遗憾地指出，短篇侦探小说的前景是“黯淡的”。40年后，我接任了为CWA选编短篇集的编辑工作，我可以很高兴地向大家报告，它们的队伍仍在不断壮大。因而，悲观论者们无疑应该三思。

我是众多热爱短篇小说的读者（与作者）之一，在这个据说注意力越来越难集中的时代，短篇小说巨大的商业潜力仍未得到充分挖掘，这似乎是怪事一桩。我盼望出版同人们能够追随大英图书馆在出版（以及积极营销）短篇侦探小说集这个领域内令人钦佩的先导步伐，他们已经足够热忱地去努力填补因“侦探小说经典系列”中的多部作品在全球范围内畅销所带动的对再版经典侦探小说与日俱增的市场需求了。

短篇小说与长篇小说之间并不仅仅是篇幅的区别。这两种形式在*本质*上就有所不同；你可以将其比作要为整座西斯廷教堂画壁画与受雇完成一幅袖珍画像之间的区别。从作家的角度来看，创作短篇小说根本就没有时间或空间来沉湎于从容不迫的闲笔描绘或是对人物动机的赘述。对于长篇小说而言，如果浪费了几个字词，没人会担心。但如果是短篇小说，或至少是对于短篇佳作而言，则必须增一字则繁，少一字则残。

作家们常说短篇小说比长篇小说更难写。这个说法即使稍显夸张，也有一定的道理。而且，还有很多经济层面的缘故让作家们更喜欢创作长篇小说而非短篇故事。事实上，正是这些多方面的考量，使得已故的H.R.F.基廷（H.R.F. Keating），一位在长、短篇小说两个领域内皆成绩优异、产量颇丰的作家，在他的《侦探小说写作》一书中说，当被问及对短篇小说创作有什么建议时，他想给的建议就是——“别写”。但他又欣然承认，短篇小说有一种特殊的吸引力，而且它们能为作家提供诸多益处。例如，作家可以在短篇故事中尝试一种可能并不适合长篇小说的文风、场景设置或是人物组合，抑或借此反证写一部长篇小说的确需要更多的时间投入。此外，短篇小说的创作也可以帮助作家提升自己的写作技艺。

在我看来，侦探题材似乎特别适合以短篇的形式加以表达。事实上，我们认知中的侦探小说，其诞生标志正是美国文学大师埃德加·爱伦·坡（Edgar Allan Poe）的短篇小说。尽管威尔基·柯林斯（Wilkie Collins）写出了优秀的长篇小说，但公允地说，直到第一次世界大战之前，侦探小说的主要形式仍然是短篇故事。此后形势有变，但侦探小说家们仍然乐于尝试短篇小说的创作。

有些人创作了大量的短篇小说——比如本卷作者中的奥希兹女男爵、约翰·迪克森·卡尔、西里尔·黑尔和朱利安·西蒙斯。与他们相比，伊迪丝·卡罗琳·里韦特、约翰·布德和约翰·宾厄姆的短篇作品就少之又少。

虽然行家们可能此前就读过这本书中的部分作品，但我觉得应该很少有人看到过布德或宾厄姆的短篇小说，更遑论本卷的同名作品《圣诞贺卡疑案》了。这位作家多年前就已淡出读者视野，但阅读他的作品让我感到非常享受，他实在应当获得更多的关注。

因此，这套按季节分类的作品集旨在于严寒的冬日里为各位奉上一顿开胃的大餐。在搜集“作料”的过程中，我得到了约翰·库珀（John Cooper）、杰米·斯特金（Jamie Sturgeon）、奈杰尔·莫斯（Nigel Moss）等诸位同好以及杰拉尔德·弗纳（Gerald Verner）之子克里斯（Chris）及其代理人菲利普·哈博特尔（Philip Harbottle）的协助。我要感谢他们，还有大英图书馆出版部门的罗布·戴维斯及其尽心尽力的团队，感谢他们的支持。道格拉斯·G.格林（Douglas G. Greene）关于约翰·迪克森·卡尔的著作，梅尔文·巴尔内斯（Melvyn Barnes）关于弗朗西斯·德布里奇（Francis Durbridge）的著作也为我提供了极具价值的背景信息。我极为享受汇编这套选集的过程，也希望读者们可以通过品读作品获得同等的乐趣，无论是在圣诞季或是一年中的任何时节。

马丁·爱德华兹

英国警衔说明

由于“侦探小说黄金时代”系列小说的故事发生地主要在英国，书中机警睿智的侦探也以英国警察为主，所以在读者阅读本书之前我们先对英国的旧时警衔和称呼做一些简略介绍，以便读者更好地理解小说背景。

英国的旧时警衔主要分为5等（从高到低）：

警察总监（Chief Constable）；

警司（Superintendent）/总警司（Chief Superintendent）；

督察（Inspector）/总督察（Chief Inspector）；

警长（Sergeant）；

警员（Constable）。

伦敦以外地区的警署还有以下几种职级（从高到低）：警察局长（Chief Constable）、警察局副局长（Deputy Chief Constable）、助理警察局长（Assistant Chief Constable）。

另外，对于担任刑事调查部门或其他某些特别部门职务的警务人员，一般会在他们的职级之前加有“侦探（Detectives）”前缀，本书中译为“警探”。此类警务人员由于职责性质特殊，所以一般不穿制服，而着便衣执行任务。

在警务人员的升迁或训练等临时过程中，他们的职级还会加有“实习（Trainee）”“临时（Temporary）”“代理（Acting）”的前缀。

目　录

1　圣诞悲剧　奥希兹女男爵

32　丧魂于剑　塞尔温·杰普森

65　圣诞贺卡疑案　唐纳德·斯图尔特

111　动机　罗纳德·诺克斯

130　盲人的面罩　卡特·迪克森

158　保罗·坦普尔的白色圣诞节　弗朗西斯·德布里奇

167　贝茜姐姐，或是你的老利奇　西里尔·黑尔

182　暗线操作　伊迪丝·卡罗琳·里韦特

191　果报不爽　约翰·布德

198　云雀小舍疑案　约翰·宾厄姆

215　功亏一篑　朱利安·西蒙斯

圣诞悲剧

奥希兹女男爵

如今奥希兹女男爵（1865~1947）被大家记住的身份主要是（如果还有人记得她的话）珀西·布莱克尼爵士（Sir Percy Blakeney），即“红花侠”这个人物的创造者。后者是她笔下一系列以法国大革命为背景的历史浪漫小说中的主人公，风靡一时。她最终借此大获成功，搬去蒙特卡洛过起锦衣玉食的生活。但自1880年离开家乡，从匈牙利来到英国后，她最初是以短篇侦探小说作家的身份在20世纪初期崭露头角的。此后她名声大噪，受邀成为1930年成立的大名鼎鼎的侦探俱乐部的创始成员。尽管在那时，她最主要的身份已经不再是一名侦探小说家，但她还是会从地中海沿岸的家中赶来，与阿加莎·克里斯蒂、多萝西·L.塞耶斯、罗纳德·诺克斯以及约翰·迪克森·卡尔这些俱乐部的同人们一年一聚。

奥希兹写过许多侦探小说，其中《角落里的老人》最为著名，它先后被收入三本故事集。爱尔兰律师帕特里克·马利根的故事最终被收录在一本名字有些怪诞的叫作《死里逃生》的集子里。《苏格兰场的莫莉夫人》(1910)记录了同名女主人公为她受到诬陷的丈夫伸张正义的斗争。在故事里，她迅速晋升为伦敦警察厅的高层。在一个真正意义上的性别平等无异于天方夜谭的年代，这无疑是整个侦探小说世界里最了不起的一次升职。本篇故事首发于《卡塞尔杂志》1909年的12期。

I

这可以算是一个相当愉快的圣诞派对，虽然我们东道主的冷淡多少有些破坏节日氛围。然而，试想有我亲爱的莫莉夫人和玛格丽特·西利这样两位年轻貌美的女士在场，以及正在克莱维尔庄园某间堂皇的舞室里候着我们的平安夜灰姑娘，你就会明白，即使是西利少校那众所周知的暴脾气也不能让一个传统节日聚会上的欢声笑语减损半分。

平安夜派对很难与一连串屠杀家牛的暴行扯上关系，但我现在不得不提起这些，尽管它们最终被证明与不幸的少校被害没有关联，但无疑是它们，为凶手提供了一个完美的作案时机，而且——事后证明——还有很大的机会能逃脱法律的制裁。

住在附近的人都密切关注这些针对无辜动物的暴虐行径，认为要么是那种为了赚几个先令什么都干得出来的亡命之徒所为，要么就是怪癖狂人的无目的犯罪。

有那么一两次，曾有可疑人物被目击到潜藏在田间地头，同时又有人不止一次地曾听到有马车在半夜疾驰而去。每当出现这些信号，随后就会有新的暴行被发现。然而直至目前，歹徒不仅成功地骗住了警察，还瞒过了许多农场工人的手眼，他们自发组建了一支志愿守卫队，誓要将屠牛者绳之以法。

在克莱维尔庄园的舞会开始之前，整个晚餐期间我们都在谈论这几起神秘事件；但后来，年轻人欢聚一堂，当《风流寡妇圆舞曲》的第一曲乐声响起、我们为即将到来的欢愉而激动得满脸通红时，这个令人不悦的话题自然就被抛到脑后了。

客人们早早告辞，西利少校也是老样子，毫无挽留之意；到了午夜时分，我们所有留宿的人都已就寝。

夫人和我共用一间卧室和更衣室，而且我们的窗户正巧临街。克莱维尔庄园，如你所知，距离约克郡并不远，在毕晓普索普路的另一头，是附近最好的老宅之一。它唯一的缺点便是，尽管后花园极其宽敞，但前屋却临街。

在我熄灭电灯并向夫人唤出“晚安”后大约两个小时，某种动静将我唤醒。猛然间我感到异常清醒并从床上坐了起来。虽然还有一定的距离，但毫无疑问，一辆马车正以不同寻常的速度疾驰而来。

显然，夫人也被吵醒了。她跳下床，拉开窗帘向窗外望去。十分自然地，就在醒来的那个瞬间，抵达克莱维尔后听到的所有关于屠牛者及其马车的讨论同时重现于我们的脑海之中。

我来到窗前，与莫莉夫人站在一起。也不知道我们站在那儿观察了多久，很可能不超过两分钟，因为马车的声音很快就沿着一条辅路消失了。但我们突然被一声可怖的哭喊吓了一跳：“杀人了！救命啊！救命！”声音是从房子的另一侧传来的，接着便是一阵可怕的死寂。我站在窗前瑟瑟发抖，而夫人已经打开灯，正匆忙地往身上套衣服。

毫无疑问，这声尖叫把整栋屋子的人都惊醒了，但夫人仍是第一个下楼的。她朝屋后的花园门走去，毋庸置疑，惊疑绝望的哭喊正是从那里传来的。

花园门洞开。两步开外有一条将房屋与花园分隔开来的台阶，就在这些台阶之上，西利少校趴着，脸朝下，双臂张开，肩胛骨之间有一道触目惊心的伤口。

一把枪就在近旁——是他自己的。不难猜测，他也听到了车轮的隆隆声，便冲将出来，手里还拿着枪。毫无疑问，他本意是想抓捕，或至少是协助抓捕逃逸的罪犯。而有人正埋伏在暗处等着他，这也很明显——此人或许已经为这个特殊的机会等待、监察了好些天，甚至是数周，以便趁这个可怜人不备之时下手。

咱们有话则长，无话则短。莫莉夫人与管家将少校的尸体从台阶搬起，再到西利小姐凭借过人的镇静与理智将她关于这桩凶案所能提供的所有细节一一告知迅速赶到的本地督察和医生，其间所发生的种种插曲无须多言。

这些小插曲在每一桩凶杀案中都会发生，只是细节略有不同而已。单凭这大量的事实就已经足够令人惊异称奇了。

西利少校死了。他被人精准又残暴地从背后捅伤丧命。所使用的凶器想必是某种大折叠刀。被害人现在正躺在楼上自己的卧房里，与此同时，圣诞钟声正在这个寒冷干燥的清晨透过沉寂的空气传来阵阵令人振奋的回响。

我们和其他所有客人一样，已经从庄园告辞。每个人都为这位美丽年轻的女孩感到最深切的同情，就在几个小时之前，她的人生还充满生趣，现在却被笼罩于阴影之下，成了一桩疑云丛生又愈显神秘的悲剧的中心。

可在这种时候，同一屋檐下的所有陌生人、熟人，甚至是朋友，都只会给业已排山倒海的悲痛与忧虑额外增添负担而已。

我们在约克郡的“黑天鹅”住下。当地警司听说案发当晚莫莉夫人竟是克莱维尔庄园的客人后，便要求她暂留在附近。

毫无疑问，她不费吹灰之力就能获得局长的同意，让她协助当地警方侦破这桩非同寻常的命案。眼下她的声誉和过人的推理能力都正处于巅峰，帝国的整个警察系统中恐怕没有一个人在面对似乎是无解的谜团时会不欣然接受她的帮助。

西利少校是被谋杀的，这一点没有人可以否认。在这类案情中，如果没有发现任何形式的偷盗情节，那么警察与死因审理官的首要职责便是找出如此可鄙的袭击背后所可能存在的动机；当然，在种种作案动机中，仇杀、复仇以及宿怨都是最常见的。

但在这里，警察很快就遇到了棘手的难题。问题压根不在于要找出西利少校是否有仇家，而是每个人都对西利少校心怀怨怼，其痛恨程度都足以让他们甘愿冒着上绞刑架的风险也要将他除之后快。

事实上，这位不幸的少校是那种似乎时时刻刻都对一切人、事、物充满敌意的可怜人。无论早晨、中午还是晚上，他总在不停地抱怨。不抱怨的时候就是在吵架，要么和自己的女儿吵，要么和家里的用人或者邻居吵。

莫莉夫人与他相识多年，我经常从她那里听闻一些西利少校古怪又讨厌的行径。与郡里那些原本避他唯恐不及的人一样，莫莉夫人是看在他女儿的情面上，才与他维持着表面上的友好。

玛格丽特·西利是个非常漂亮的姑娘，加之传言少校相当富有，两个因素一叠加，这位暴脾气的先生自然就过不上他所向往的那种完全与世隔绝的生活了。

适龄男青年的母亲们争相在各种花园派对、舞会以及市集上对西利小姐表示欢迎。确实，自打玛格丽特走出校门，她身边就始终簇拥着一群爱慕者。不消说，面对这些妄想拱白菜的猪，脾气暴躁的少校拿来招待他们的是他一贯的倨傲与轻蔑，有时甚至出言不逊。

尽管如此，飞蛾们还是围绕着烛火不停扑腾。而在这群自投罗网的人里面，又得数劳伦斯·斯梅西克先生——帕克索普区议员之子来得最为显眼。尽管玛格丽特性喜卖弄风情，曾公开怂恿不止一位追求者向自己求爱，但还是有人信誓旦旦地宣称这两位年轻人已经秘密订婚。

尽管如此，但有一件事是非常确定的，那就是西利少校对斯梅西克先生并不比对其他人更青眼有加，而且这位年轻人与他未来的岳父之间已经发生过不止一次争执。

在克莱维尔那个令人难忘的平安夜，所有人都注意到了他的缺席，而与此同时，玛格丽特却对格林上尉表现出格外的青睐。自从他的堂兄赫斯林顿子爵，即尤勒斯索普勋爵的独子突然去世后（如果你还记得的话，他去年10月在猎场意外身亡），他摇身一变，成了伯爵爵位及其每年4万英镑收入的继承人。

我个人的看法是，我极不赞同玛格丽特在舞会当晚的举动。斯梅西克先生长久以来的殷勤关怀让大家觉得他俩已经订婚的传言并非空穴来风，但她对斯梅西克先生的态度又实在是过于冷酷无情。

在12月24日的那个早晨——也就是平安夜当天——那个年轻人造访过克莱维尔。我清楚记得，曾亲眼看见他被带进玛格丽特楼下的闺房。不一会儿，那个房间里就响起了怒气冲冲的争吵声，音量之高，清晰可辨。我们都尽量不去听，但仍然轻易就能将西利少校向来访者掷去的无礼言辞听得一清二楚。而对方，似乎只是请求见上西利小姐一面，却意外碰上了易怒暴躁的少校。当然，年轻人也很快就丧失了耐心，整件事最终以两个人在大厅里极为激烈的争吵而告终，少校还强硬地禁止斯梅西克先生再踏进他家门半步。

当天晚上，西利少校被谋杀了。

II

当然，起初并没有人重视这个奇怪的巧合。把谋杀与斯梅西克先生这样一个聪颖帅气的约克郡年轻人联系起来的想法看起来似乎是荒谬的，我们所有目睹了那场争吵的在场人士也达成一致，同意在接受聆讯时对此事只字不提，除非需要宣誓不得不说。

鉴于少校那糟糕的脾气，这场争吵，请注意，并没有获得应有的重视；而且我们都扬扬自得，以为自己成功地回避了死因审理官的问题。

聆讯的裁决认定凶手是身份不明的某人或某些人。而我，作为众人之一，则非常乐见年轻的斯梅西克的名字未被提及。

两天后，毕晓普索普的警司给莫莉夫人传来一通紧急的电话留言，请求她即刻前往警局。住在“黑天鹅”的期间，有一辆汽车供我们差遣，于是不出十分钟，我们便迅速赶往毕晓普索普。

一到警局，我们立刻被带进了埃蒂警司办公室后面的私人会客室。他正与刚从伦敦过来的丹弗斯说话。在房间角落的高背椅上，还有一位坐得笔直的年轻女人，看样子是个仆人。当我们走进房间，她迅速朝我们投来了一个含义不明的眼色。

她上身穿着一件大衣，下身是一条看上去已经很破旧的黑裙子。尽管脸蛋可以称得上好看，因为她有一双漂亮的深色眼睛，但她的整体形容却令人难以恭维，其邋遢程度简直到了异于常人的地步：她的鞋袜上都有破洞，大衣袖子上的线已经绽了一半，裙子上的穗子一圈一圈地缠绕在纽扣上。而她的双手又红又糙，眼神无疑有些鬼祟，可一旦开口说话，她又变成一副趾高气扬的样子。

莫莉夫人刚进门，埃蒂就欣然迎上前来。他原本有些焦躁不安，一见到她，似乎大大地松了一口气。

"她是克莱维尔一个园丁的妻子，"他赶紧向莫莉夫人解释，并朝年轻女子的方向点了点头，"她到这儿来说了一件古怪的事，我觉得您可能有兴趣听一听。"

"她知道一些关于谋杀的情况？"莫莉夫人问道。

"喂！我可没有这么说！"女子粗暴地插嘴道，"你可不要乱说话，督察大人。我只是觉得你可能会想知道我丈夫在少校被害的那晚都看到了什么，仅此而已，我就是来告诉你这事的。"

"您丈夫为什么不自己来？"莫莉夫人问。

"哦，哈格特身体不太好，他……"她漫不经心地耸了耸肩，开始解释道，"可以这么说……"

"情况是这样的，女士，"埃蒂插嘴道，"这个女人的丈夫智力有点问题。我认为他之所以还能被留在庄园只是因为他体格强壮，可以帮着挖地。正因为他的证词可信度极低，所以希望听听您的意见，看我们应该如何处理这件事。”

“哈格特夫人，把您刚才告诉我们的话再向这位女士复述一遍，好吗？”埃蒂言简意赅道。

女人的眼中再次闪过一道可疑的精光。莫莉夫人接过丹弗斯为她搬来的椅子，在哈格特夫人的对面坐下，用她诚挚又平静的目光注视着对方。

“没多少可说的，”女人迟疑着开口说道，“哈格特的脑子有时候确实不对劲，每次一犯病，他就在晚上的时候出去瞎逛。”

“然后呢？”哈格特夫人停顿了好一会儿，似乎不愿再说下去，莫莉夫人追问道。

“好吧！”她突然下定决心继续说，“平安夜那晚，他又发病出门去了，直到后半夜才回来。他跟我说，他见到一个年轻人在花园台阶那侧徘徊。没过多久就听到‘杀人了！’‘救命啊！’的哭喊声，他被吓坏了，连忙跑回了家。”

“家？”莫莉夫人沉静地问道，“家在哪里？”

“我们住的那个小屋。就在菜园后面。”

“你之前为什么没有把这一切告诉警司？”

“因为哈格特昨晚刚告诉我，当时他看起来正常不少。

他发病的时候几乎不说话。”

“他知道自己看到的那位先生是谁吗？”

“不，夫人，我认为他并不知道，至少他不愿意说。但是……”

“但是什么？”

“他昨天在花园里发现了这个，”女人说着，递出一个纸团，很明显，此前她一直将它紧紧地攥在手里，“或许就是它，让他又想起了平安夜和那起谋杀。”

莫莉夫人接过来，用她纤细的手指打开那团脏兮兮的纸。下一刻，她举起一枚精致的戒指供埃蒂查看。这是一枚雕刻精美的月光石戒指，周围还镶着一圈光彩夺目的钻石。

眼下，整个戒身和宝石上都沾着黏糊糊的湿泥，品相已经大打折扣，显然，戒指此前被扔在地上甚至已经被踩踏了好几天，然后只做了非常粗略的清洗。

“不管怎么说，你可以找到戒指的主人，”夫人沉吟片刻，向默不作声、正在等她示下的埃蒂发表了自己的看法，“这有益无害。”

随后她再次转向那个女人。

“如果可以的话，我和你一起走回去，”她果断地说，“再和你的丈夫聊一聊。他在家吗？”

我想哈格特夫人对这个提议显然并不情愿。我完全可以想象，从她个人的外在形象来看，她的家不可能适合夫人造访。然而，她别无选择，只能服从。她喃喃自语了几句，勉强表示同意，然后从椅子上站起身来，径直朝门走去，让夫人跟随其后。

然而，在离开之前，她突然转过身来，恨恨地瞪了埃蒂一眼。

“请把戒指还给我，督察大人，”她用她从始至终的愠怒语气说道，“俗话说‘谁捡到就归谁’。”

“恐怕不行。”埃蒂和气地答道，“不过西利小姐一直在悬赏，希望能找到线索，将杀害她父亲的凶手绳之以法。你可以获得赏金。那可是一百英镑。”

“是的！我知道。”她冷冰冰地答道，没有再说什么，最终走出了房间。

III

夫人与哈格特面谈后非常失望地回来了。

他看起来确实智力有点问题，其实几乎就是个傻子，只有少许清醒正常的时刻，比如今天就是其一。尽管如此，他证词的参考价值仍然几近于零。

他把他妻子说过的话又说了一遍，没有增加任何细节。他在案发当晚看见过一名年轻男子在台阶上徘徊。他不知道这位年轻人是谁。他正准备回家，就听到“杀人了！”的呼喊，被吓得不轻，于是赶紧跑回了家。他昨天在台阶下方的花坛里发现了戒指并将它交给了妻子。

亲爱的夫人在回来之前已经通过多方查证，确定了这个傻子所做的简短陈述中有两点属实。克莱维尔的一个园丁说他在发生命案的那个圣诞节凌晨看到了哈格特在往家跑，当晚轮到他守夜，防范杀牛贼前来偷袭，所以对这件小事记得非常清楚。同时他还说，哈格特看上去的确非常惊慌。

然后纽比——庄园的另一名园丁，也看到哈格特在花坛里捡到了戒指，并建议他将它送到警察局。

不知何故，密切关注着这场圣诞悲剧的我们对这一切都感到莫名烦忧。迄今为止，并没有谁的名字被明确提起，但夫人和我彼此对视或谈起埃蒂和丹弗斯的时候，都感到某个名字、某个特定的人，正在我们的脑海中呼之欲出。

至于警局的那两个人，没什么好去担心的。他们将哈格特的故事作为线索展开排查就是。24小时后，埃蒂带着结果现身于我们在“黑天鹅”的房间，他平静地告知我们，他刚接到指控劳伦斯·斯梅西克先生涉嫌谋杀的逮捕令，并正要前往他家实行抓捕。

“斯梅西克先生*没有*谋杀西利少校。”这是莫莉夫人听到这个消息后坚定且唯一的意见。

“好吧，夫人，即使是这样，”埃蒂用全体警员面对夫人时那一贯的恭谨语气接着说道，“但我们也已经收集到了足够充分的证据，至少证明逮捕他是合乎情理的，甚至在我看来，判他绞刑都绰绰有余。斯梅西克先生大约一周前在科尼街上的尼科尔森商店购买了那枚月光石镶钻石的戒指。平安夜那晚他被不止一个人目击到在克莱维尔庄园的大门外附近游荡。一次是大约舞会结束、宾客散场的时候，再一次就是大家听到第一声‘杀人了！’之后不久。他的贴身男仆供认，自家主人当晚直到凌晨两点多才回家。与此同时，即使是玛格丽特小姐这会儿也不会否认，就在西利少校被害前24小时内，斯梅西克先生与他爆发过一场激烈的争吵。”

对于埃蒂在我们面前无情陈述的这一系列事实，莫莉夫人一言不发，但我还是忍不住宣称：

“斯梅西克先生是无辜的，我确信。”

“希望如此，他或许是无辜的，”埃蒂神色严峻地反驳道，“但很遗憾，不知为何，他似乎无法交代自己在圣诞那天从午夜到凌晨两点之间到底干了什么。”

“哦？”我忍不住惊呼，“他怎么说的？”

“什么都不说。”他简短地答道，“这正是麻烦的地方。”

所有读报的人自然都还记得，约克郡帕克索普府的劳伦斯·斯梅西克先生，下议院议员斯梅西克上校之子，因被指控于12月24日至25日谋杀西利少校而被逮捕，经地方法庭常规审讯，随后被移交至约克郡巡回法庭接受审判。

我清楚地记得，在整个初审阶段，面对来人对他提出的种种不利指控，年轻的斯梅西克始终表现得像是已经完全放弃了驳诉的希望。而且我必须说，警方找来大量对他不利的目击证人则加剧了他的缄默。

当然，哈格特没有被叫去做证，然而，还有很多人坚称于平安夜那晚，在客人们已经离开克莱维尔庄园之后，看到过劳伦斯·斯梅西克先生在庄园的门口徘徊。就住在门房里的园丁主管甚至还和他说过话，并听到格林上尉从马车中探出头来大声问道：

“嘿，斯梅西克，这么晚了你在这儿干什么？”

还有其他一些人也如是说。

格林上尉值得称赞之处在于（这都被记录在案，有据可查）：他竭力否认自己在黑暗中认出了他那不幸的朋友。在地方法官的追问之下，他仍固执地说：

“我当时以为是斯梅西克先生站在门房跟前，但经过仔细回想，我觉得是自己认错了。”

另外，对年轻的斯梅西克极为不利的有两点：首先是戒指的问题，其次是有人在克莱维尔附近看到过他的事实，而且午夜和大约凌晨两点都有目击者，其中有些是在盯防杀牛贼的居民，他们看到他朝帕克索普的方向疾步走去。

当然，最难以解释与触目惊心的则是，斯梅西克先生对当晚那至关重要的几个小时内的行踪固执地保持了缄默。他既没有反驳那些声称看到他子夜时分出现在克莱维尔门口的人，也没有否认男仆关于自己当晚到家时间的说法。他只说，关于从宾客离开庄园到回到帕克索普之间的时间内自己的行迹，他无可奉告。他清楚自己的危险处境，究竟是什么使得他对一件性命攸关的事件保持沉默，个中原因实在是难以捉摸。

关于戒指的所有权，他无从反驳，也没有反驳。戒指是在克莱维尔的院子里弄丢的，他如是说。但科尼街的珠宝商发誓说，他是在12月18日将戒指卖给斯梅西克先生的，而众所周知并经过证实的事实却是，在案发前半个多月的时间里，这位年轻人压根没有在光天化日之下进过克莱维尔的大门。

根据这一证据，劳伦斯·斯梅西克被交付审判。尽管用来杀害不幸的少校的凶器既没有找到也没有追踪到其主人，但因为存在大量的间接证据对年轻人不利，所以拒绝保释。

在其律师格雷森先生——整个约克郡最富才干的律

师的建议下，他保留了他的上诉权。而我们在那个岁末年根的阴冷午后依次走出拥挤的法庭时，无不感到异常的沮丧与忧虑。

IV

我和夫人一言不发地走回旅店，心头沉甸甸的。我们为那位英俊的约克郡青年感到惋惜，我们坚信他是清白的，但与此同时，他又似乎落入了一张致命的大网，无力挣脱。

我们不想在大庭广众之下讨论这件事，同时，在科尼街上的一个路口看见玛格丽特·西利驾驶着她的轻便小马车，格林上尉就坐在她身旁，正极亲热地跟她耳语时，我们也未予置评。

她正在服丧期，却显然是去购物了，因为她身旁堆满了包裹。用这个来责怪她或许是在鸡蛋里挑骨头，但那个瞬间，我还是很震惊。当那个在众人口中常与她的名字捆绑出现的人性命与荣誉皆悬于一线的时刻，她还与别的男人共乘一车，她对他的身家性命显得过于漠然了，而后来者，因为一夜暴富，便轻易就能赢得她的优待。

等回到“黑天鹅”，我们意外得知格雷森先生前来拜访，正在楼上等着我们。

莫莉夫人一路小跑，上楼走进客厅，十分热情地向他致意。格雷森先生是个不动声色的长者，但他此时看上去明显有些不自然。他花了不少时间也没能将话头引向他来这儿要说的正题。他心不在焉地坐在椅子里，开始聊天气。

“我并不是以官方身份待在这儿的，”莫莉夫人这时候带着和善的微笑说话了，试图帮他缓解尴尬，“咱们的警察对我的能力恐怕有些言过其实，也是这里的警员以个人名义请我留在附近，以便在他们需要的时候给点建议。局长是个仁慈的人，同意让我留下。因此，如果有任何我能做的……”

“有，确实有！”格雷森先生突然说道，“据我所知，在这个国家，除了您没有第二个人能将这个无辜的人从绞刑架上救下来。”

夫人满意地轻舒了一口气，一直以来她都希望这件案子能有更多的知情人。

“斯梅西克先生？”她说。

“没错，我那不幸的年轻的委托人。”律师答道，“我可以都告诉您，”他稍事停顿，似乎在振作精神，然后接着说道，“我尽可能简洁地将12月24日深夜和次日圣诞节凌晨所发生的事都告诉您。这样您就会明白我的委托人究竟处于一个何等的困境，以及为何难以交代自己在那个多事之夜的行踪。您随后也会明白我为什么要前来寻求您的帮助与建议。斯梅西克先生认为自己与西利小姐之间已经情定终身。因为预料到西利少校一定会反对，所以订婚的事尚未公开，但两位年轻人已经十分亲密，有着频繁的书信往来。24日那天上午，斯梅西克先生拜访克莱维尔，只是想要将那枚您已经见过的戒指交给他的*未婚妻*。您想必还记得后来发生的*意外*，我指的是西利少校针对我可怜的委托人挑起了一场无端的争吵，最终以暴躁的老先生从此禁止斯梅西克先生登门告终。

“您完全可以想象，我的委托人是带着何等愤怒的心情走出克莱维尔的。就在他要离开的时候，在门阶那边，他遇上了玛格丽特小姐，便非常简要地将刚才发生的事告诉了她。她一开始不以为意，但最终认真起来，在这次简短的交谈结束之时提出，鉴于刚才发生的事，既然无法前来参加舞会，那他应该在舞会之后来见她，在子夜时分与她在花园碰面。当时她不愿收下戒指，但感性地展望了圣诞之日的早晨，她让他晚上再把戒指带来，还有她写给他的信。好吧，剩下的您也能猜到了。”

莫莉夫人若有所思地点点头。

“西利小姐在玩两面派，”格雷森先生认真地继续说道，“她决心要与斯梅西克先生一刀两断，因为她已经将她那善变的情感转移到了格林上尉身上，他新近变成了伯爵继承人，每年还有四万英镑的进账。她巧言善辩，哄骗我那不幸的委托人于深夜到克莱维尔的花园与她见面，并将那些可能会有损她在新情人眼中形象的信件还给了她。大约凌晨两点，西利少校被他为数众多的仇家之一杀了，至于凶手是谁，我并不知道，斯梅西克先生也不知道。那句‘杀人了！’将整座克莱维尔从睡梦中惊醒的时候，他刚与西利小姐分别。只要她愿意，她可以做证，因为当时他们都还在彼此的视野范围内，她站在大门内，他则刚刚走下台阶。斯梅西克先生看见玛格丽特·西利飞快地跑回了屋子。他等了一会儿，迟疑着该怎么做，然后他意识到自己的出现可能会让她尴尬，甚至可能会有损她的名节。尽管发生了这一切，他仍然深爱着她。当发现屋里屋外人手充足之后，他最终带着一颗破碎的心掉头回家了。她的态度极其冷淡轻慢，要回了信件，还轻蔑地将他买给她的戒指扔到了泥地里。”

律师说完停下，抹了抹额头，满心希望地盯住夫人沉思中的美丽面庞。

“在此之后斯梅西克先生和西利小姐说过话吗？”过了一会儿，莫莉夫人问道。

“没有，但我找过她。”律师回答。

“她什么态度？”

“油盐不进，铁石心肠。她彻头彻尾地否定了我不幸的委托人的说法，她声称早上听闻他与自己父亲意外发生了争吵，自从在克莱维尔的门阶旁与他早安道别后就再没见过他。不仅如此，她还不无鄙夷地将整套说法斥为试图往一个弱女子身上泼脏水来掩盖自己卑鄙罪行的谎言。”

我们都沉默了，千头万绪，谁都没有办法将它转换成语言。没人可以否认，事情陷入了僵局。

一只冷酷无情的手，毫不迟疑地垒出这座全是不利证据的高塔，只为将这个不幸的年轻人置于死地。

只有玛格丽特·西利能救他，但为了不放过这个攀高枝的机会，她却不惜毒辣地牺牲掉一个无辜之人的性命与荣誉。这世上竟有这样的女人，谢天谢地，除了她我还真没见过第二个！

可是，我是不是错了，我说只有她才能拯救这个不幸的年轻人。他自始至终都表现出了无上的勇敢，拒绝解释圣诞那天凌晨究竟发生了何事，除非她先开口。如果说在这紧要关头，还有哪个并不具备超能力的普通人能解开这一连串巧合的话，那此人，眼下正坐在“黑天鹅”这个昏暗的小房间里。

她温柔地开口说道：

“您希望我怎么做呢，格雷森先生？而且，您为什么没有报告警察，而是来找我？”

“我怎么可能拿着这个故事去找警察呢？”他绝望激愤地喊道，“难道他们不会同样认为这是想要诋毁一位女士清誉的说法吗？请记住，我们没有证据，而且西利小姐否认了整件事。不，不！”他满怀希冀地说，“我来找您是因为，向来听闻您天赋异禀，直觉过人。有人谋杀了西利少校，但凶手绝不是我的老朋友、斯梅西克上校的儿子！那就查明真凶吧！我恳求您，查明真凶！”

他瘫倒在座椅上，悲痛欲绝。带着难以言喻的亲和，莫莉夫人走到他身边，将她的纤纤素手按放在他的肩上。

“我会尽我所能，格雷森先生。”

V

当天晚上无人来访，一整晚都很宁静。透过夫人神采奕奕的眼眸我可以猜到她活跃的大脑正在疯狂运转，她的身体纹丝不动，你甚至可以感知到她神经的微弱振动。

律师的故事对她触动极大。您要知道，从道德的角度出发，一直以来她都坚信年轻的斯梅西克是清白的；但从职业角度出发，作为一个总是在与感性之人做斗争的职业女性，这次案件中压倒性的确凿证据及其上级对年轻人的判决又迫使她接受了“年轻人有罪”这一不愿相信的事实。

还有，年轻人的沉默也可以被视作一种认罪；更何况假如一个人在案发之前与案发之后都被目击到身处犯罪现场；假如在凶手势必站过的地方的三米以内发现了属于他的物证；不仅如此，假如他还曾与受害者激烈地争吵过，并且无法说明自己在案发时间内的行踪，那么盲目乐观地相信此人的清白也是没有意义的。

然而现在，事态展现出了截然相反的可能性。斯梅西克先生的律师的讲述很可能是真的。玛格丽特·西利长久以来的性格，她面对站在被告席上的前任未婚夫所表现出的无动于衷，她迅速将感情投向了一个更加富裕的男人，所有这些都让格雷森先生关于平安夜之事的叙述极具可信度。

怪不得夫人会埋头沉思。

“我们得从头开始，玛丽。”次日早餐过后，她这样对我说道。她衣冠整齐，戴着帽子和手套，一副准备好要出门的样子。“所以从全局入手的话，我想我要从拜访哈格特一家开始。”

“我可以跟您一起去吗？”我小心地请求道。

“当然！”她大大咧咧地接过话头。

不知怎么的，我却隐约察觉到这种大大咧咧只是她展现出来的表象。我那可爱、婀娜、娇美、出色的夫人，这么一桩精彩的案件，无动于衷可太不像她了。

我们驱车前往毕晓普索普。当时阴冷刺骨又潮湿多雾。司机好不容易才找到那间小房子，那个傻瓜园丁和他妻子的“家”。

那个地方看起来自然不像个家的样子。敲了很久的门，哈格特夫人才终于现身开门。我从未见过如此凌乱邋遢的地方。

面对莫莉夫人稍显唐突的询问，那个女人说哈格特正卧病在床，他又“发病”了，备受煎熬。

“太遗憾了，”夫人如此说道，不过在我看来，她似乎也并不怎么真的感到遗憾，“可我必须马上和他谈一谈。”

“有什么事吗？”女人阴郁地问道，“我可以帮你带个话。”

“恐怕不行。”夫人断然拒绝，“我被要求和哈格特面谈。”

“谁要求的？我想知道。”她穷追不舍，甚至有些失礼了。

“我敢保证，之后你会晓得的。但你现在是在浪费宝贵的时间，你是不是最好去帮你丈夫穿身衣服？这位女士和我去客厅等你。”

女人犹豫了片刻，最终同意了，与此同时，她看起来相当恼火。

我们走进那惨不忍睹的小房间，房内所充斥的并不仅仅是无休止的贫穷，还有随处可见的秽物与灰尘。我俩挑了两把看起来最干净的椅子坐下，一边等待一边听到头顶上的房间里响起了特意压低嗓门的说话声。

我可以说，这所谓的说话声其实是由其中一方情绪激动的窃窃私语和另一方的哀号抱怨交织而成。紧接着是砰的一声巨响和拖拖拉拉的脚步声，然后又脏又乱、一看便知并没有得到细心照顾的哈格特走进了客厅，后面跟着他的妻子。

他鞋子也没穿好，就那么深一脚、浅一脚地走过来，一边还紧张地扯着自己额前的头发。

“啊！”夫人和蔼地说道，“很高兴见到你下来，哈格特，但我恐怕给你带来了一则坏消息。”

“是的，女士。”男人嘟嘟囔囔道，显然并不太理解刚才的话。

“我是代表济贫院来的，”莫莉夫人继续道，“我们或许今晚就可以安排你和妻子入院。”

“济贫院？”女人突然插嘴，“你什么意思？我们才不去济贫院。”

“这样啊，但既然你们已经不在这里了，”夫人缓缓地继续道，“你会发现以你丈夫的精神状态，是不可能找到别的工作的。”

“西利小姐不会让我们走的。”她强辩。

“或许她想要继承她父亲的意愿。”莫莉夫人看似漫不经心地说。

“少校就是个无情又暴躁的畜生！”女人突然出人意料地怒吼了起来，“哈格特尽心尽力地伺候了他12年，而……”

她戛然而止，又鬼鬼祟祟地朝莫莉夫人瞍了一眼。

她的沉默与她刚才的暴怒一样突兀，最终还是莫莉夫人帮她把这句话说完。

“而他还是毫无预兆地解雇了他。”她平静地说道。

“谁告诉你的？”那女人反问道。

“当然是知道你俩与少校因为解雇之事闹了不愉快的那个人。”

“你在骗人。”哈格特夫人仍固执己见，“我们已经提供过斯梅西克先生谋杀少校的线索，因为……”

“啊，”莫莉夫人飞快地打断了她，“但斯梅西克先生并没有杀害西利少校，所以你的线索是没有价值的！”

“那我倒是想知道，是谁杀了少校呢？”

她表现得傲慢粗鲁，非常讨厌。我惊讶于夫人为什么要容忍这样的对待，以及她那飞速运转的大脑里都在想什么。她看上去彬彬有礼，笑眯眯的，我却想弄明白她提济贫院和哈格特被解雇的事到底有何用意。

“目前还不得而知，”这时她轻声说道，“有人说是你丈夫干的。”

“他们撒谎！”她立刻反驳。那个傻瓜，显然听不懂这场对话的意思，正机械地摩挲着一根红色的拖把，无助地环视四周。

“大房子那边有人喊‘杀人了！’之前他就已经到家了！”哈格特夫人继续说道。

“你怎么知道？”莫莉夫人迅速问道。

“我怎么知道？”

“是啊，在这屋里你不可能听到那边的惊叫，为什么，因为这里和庄园离了八百米都不止呢！”

“我说过了，他就是在家。”她仍然坚持。

“你派他去的？”

“人不是他杀的。”

“没人会信你的话，更别提那把刀已经找到了。”

“什么刀？”

“他的折叠刀，就是杀害西利少校的那一把，”莫莉夫人平静地说道，“这会儿就握在他的手里。”

完全出人意料地，她突然指向了那个傻瓜。她俩你来我往地交锋之时，他就在屋子里漫无目的地转悠。

这场对话一定以某种方式在他空荡荡的大脑中引发了回响。他走向梳妆台，那上面摆着当天吃剩的早餐，另外还有些陶器和家什。

他以同样傻乎乎又不明所以的样子拿起了一把刀，朝他妻子伸出手，同时一股恐惧的神情在他脸上弥散开来。

“我做不到，安妮，我做不到，要不你来。”他说。

小房间里顿时一片死寂。哈格特夫人站在那里呆若木鸡。愚昧迷信如她，眼下的情况一定挑动了她的神经，让她感到命运无情的手指正指向她。

傻瓜蹒跚着向前，离他的妻子越来越近，仍然拿着刀伸手递向她，并断断续续地嘟囔：

“我做不到，最好是你，安妮，最好是你……”

现在他离她很近了，她的僵硬与紧张一下子荡然无存，她迸出一声嘶吼，从那个可怜虫手中夺过小刀，冲向他，想要来一个白刀子进红刀子出。

莫莉夫人和我当时都还年富力强并且动作敏捷，而且在需要快速反应的时候，我那亲爱的夫人从来没有任何*贵妇人*的娇气。但即使在当时，我们都很难将安妮·哈格特从她那可怜的丈夫身旁拖开。她被愤怒蒙蔽了双眼，准备杀死这个背叛自己的人。最终我们还是成功地将刀从她手中夺了下来。

经过这番抢斗，着实需要一些勇气才能继续与这二人共处一室并各归其位。他们其中一个已经有命案在身，而另一个，神神道道的傻瓜则还在可怜兮兮地喃喃自语：

“最好你来，安妮……”

好吧，你已经读过这桩案件的来龙去脉，所以接下来的情况你也就知道了。莫莉夫人一直待在那间屋子里，直到获得了那个女人的全部供词。为了保证自己的人身安全，她只是让我打开窗户，吹响了她交给我的警哨。幸运的是，警局距此不远，哨声通过寒冷的空气传送了过去。

事后，女士向我承认，不把埃蒂或丹弗斯带上或许是愚蠢的。但她极度希望别一开始就引起女人的警觉心，所以她迂回地提起了济贫院和哈格特可能遭到解雇的话题。

莫莉夫人凭借她敏锐的直觉，始终觉得这个女人与凶案存在某种关联。但凶杀本身没有目击者，所有的间接证据又都明确指向年轻的斯梅西克，那么成功破案的唯一机会就是凶手自己认罪。

如果回想一下那个难忘的早晨里夫人与哈格特家女人的对话，你就会发现莫莉夫人的处理方法是多么引人钦佩，才能最终得到这个不可思议的结局。她要求哈格特必须在场，否则拒绝和那个女人说话，因为她确信，只要一提到与凶杀有关的话题，那个傻瓜一定会在举动或言语上有所反应，进而揭示出案件的真相。

当西利少校的名字被提起，他便无意识地捉起了刀。当时的场景重现于他混沌的脑海。少校于近期草率地解雇了他，这是莫莉夫人常会做出的大胆猜测之一。

哈格特只是受到了妻子的怂恿，并且在动手的关键时刻退缩了。莫莉夫人并不意外，我也并不感到惊奇。根据那个女人所表现出的粗野与暴虐，她会痛下杀手、在不幸的少校身上泄愤报复，这并不值得惊讶。

事态如此急转直下，以及丹弗斯和埃蒂的现身吓住了她，她最终对自己的罪行供认不讳。

少校语出伤人，突然无情地解雇了她的丈夫，拒绝继续雇佣他，这把她气疯了。傻瓜对她言听计从，于是她挑唆他要憎恨少校并伺机报复。起初他似乎愿意服从。按照计划，他每晚都去台阶那边盯梢，只要杀牛贼再次现身犯案，他就能等到一个诱使少校单独出门的机会。

这个机会终于在圣诞节的早晨等来了。但哈格特并没能完成这桩恶行，而是被吓坏了，他胆怯得想逃。然而安妮·哈格特，或许猜到了他会在最后关头退缩，也没有放松每晚对他的盯梢。好一个螳螂捕蝉黄雀在后的场景！

哈格特见到妻子以后推让退缩，她便亲手犯下了罪行。

我猜想，无论是对罪行暴露的恐惧，抑或仅仅是渴望得到悬赏，都迫使这个女人试图嫁祸于人。

哈格特发现了戒指，这个残忍念头便开始萌芽。若非有夫人不可思议的探案本领，或许还真能将一名勇敢的年轻人送上绞刑架。

啊，你想知道玛格丽特·西利到底结成婚没有？没有！格林上尉打了退堂鼓。他是不是有所怀疑我不好说，但他从未向玛格丽特求过婚。现在她在澳大利亚生活，我想大概是和一位姑母同住，而且她已经把克莱维尔庄园卖了。

丧魂于剑

塞尔温·杰普森

塞尔温·杰普森（1899~1989）出生于文学世家。他的父亲埃德加是位广受欢迎的小说家，偶尔也写一些侦探小说，并且是侦探俱乐部的创始成员。同时，费伊·韦尔登（Fay Weldon）还是他的外甥女。塞尔温先后在圣保罗公学和索邦大学接受教育，“一战”期间入伍服役。战争结束后他也成为一名小说家，在20世纪20年代写出《红发女孩》《夺命锣》等小说。20世纪30年代后他转行做了编剧，代表作有《河畔疑案》，大致是从比利时作家S.A.司迪曼（S.A.Steeman）的精彩小说《六死人》改编而成。除此以外还有1936年上映的电影《圣甲虫谋杀案》，改编自美国作家斯迪姆·席普·范达因（S.S.Van Dine）以菲洛·万斯（Philo Vance）为主人公的探案故事。

在第二次世界大战期间，他为特别行动执行处[①]效力。在执行危险任务时，他常常不顾激烈反对，坚持任用女性，因为他认为她们“远比男性更为冷静也更具孤身奋战的能力”。或许正是这个观点促使他创造出了伊芙·吉尔（Eve Gill）这个他笔下最成功的系列小说的主角。伊芙最令人难忘的探险被记录在1948年出版的惊悚小说《逃跑的人》中，数年后被希区柯克改编为电影《欲海惊魂》，由简·怀曼、玛琳·黛德丽、理查德·托德等主演。杰普森是个才华横溢但又节制的叙事者，这在他的早期作品《丧魂于剑》中可见一斑。该作发表于《卡塞尔杂志》1930年的12期。

艾尔弗雷德·凯思尼斯决定留下过圣诞主要有两个原因。一来是因为天气寒冷，待在丁格尔府要比回他自己位于贝克街的公寓要容易过活得多。这个月中旬已经下了一场大雪，到了圣诞节当天，又下了一场。现在积雪已经很厚，温度计显示气温只有零下四度，花园的草坪已经完全被积雪覆盖，老屋的房顶和山墙也零零星星地积了一层薄雪，就跟撒了糖霜的蛋糕一般。

尽管他告诉自己，之所以留下是因为想过一个传统的圣诞节，而且如果把堂兄赫伯特给应付好了，他肯定还会

① 译者注：简称 S.O.E，“二战”期间英国成立的秘密组织，用以对轴心国展开侦察及抵抗运动。

再借两千英镑给自己。除此以外，还有一件事把他给绊在了这里。

然而，他目前尚未完全承认这件事的存在。他只知道暂时并不急于找赫伯特谈钱的事。

在丁格尔府的生活非常愉快，他暗想，那何苦急着离开呢?

这天早上，他坐在图书室，身旁大石壁炉里的木块烧得正旺，看着芭芭拉——他堂兄的妻子，正在缝制一块粉色的什么物件，东西摊在她腿上，像一堆丝质泡沫。

小罗伯特才五岁多一点，正在她身后低矮宽大的窗台上上下下地摆弄一组锡制的兵人玩具。她时不时地回过头去，笑着夸奖孩子对方阵做出的新调整。他们是皇家禁卫骑兵团的骑兵，身穿红色制服，佩戴银色胸甲，一支喜气洋洋且英勇顽强的队伍。

“没有比这更让他喜欢的礼物了，艾尔弗雷德。”她说，“这是刻在他骨子里的凯思尼斯家的基因。”

他点头，却更为她低头时的优雅姿态所吸引。

“他会像其他人一样，成为一名军人。”她补充道，并轻叹了一口气。

她的丈夫不是军人，但只是因为他的左腿比右腿短了五厘米，源于童年的一次意外。艾尔弗雷德也没有投身行伍，算是家族传统的一个异数。

“我就从没想过要当兵，”他顺着她的话说道，“但并不是因为害怕那个老掉牙的传说。”

“你是指凯思尼斯家的人总是死于剑下？”

前一刻她还在思索这个问题，设想罗伯特已经长大成人，投身这个无数先辈获得了辉煌战绩的事业。

“总之很蹊跷，”艾尔弗雷德说，“很多人都是这么没的。”

他扫了一眼雕刻在壁炉岩板上的家族徽章，一把短剑被握在一只佩戴臂甲的手中。

“不过现在不怎么时兴当兵了，”他补充说，“你儿子或许可以像他著名的父亲一样，成为一名杰出的法律界人士。”

他的视线重新回到她身上，打量她富有光泽的浅色秀发以及凝脂般的鬓角。

上苍啊！他多么为她感到遗憾！嫁给比她大28岁的赫伯特。一个冷漠的跛脚男人，难以捉摸，自傲于他绝佳的逻辑思维，自绝于多愁善感和情绪化的危险。换言之，凯思尼斯法官大人以其对法律条文的熟稔以及判决严厉而闻名于刑事法庭。

怪不得他总是受到威胁！只要听听这个男人判处某个可怜鬼拘役时那自以为是的声音，就足以勾起报复之意。如果他会因为之前的案件而收到恐吓信的话，那他现在肯定有一打。

艾尔弗雷德在扶手椅里不安地换了个坐姿，拿烟斗轻磕壁炉，将吸过的烟丝倒了出来。

芭芭拉从那样的丈夫身上能获得什么快乐呢？寥寥无几。说到这个，他现在在哪儿呢？把自己关在屋子另一头的书房里，与他的那些字典、百科全书、参考书为伴，绞尽脑汁地想在周三晚上之前解出纵横字谜！这是他一周一次的兴奋事，是能让他从法庭事务与编纂工作中脱身片刻的娱乐。他正在小唐纳森的协助下准备写一本名叫《刑法中的反常现象》的书。（一想到吉姆·唐纳森，艾尔弗雷德皱了皱眉。）

“一二一，一二一！”罗伯特在窗边吆喝。

“芭芭拉！”艾尔弗雷德喊了一声，却欲言又止。

她抬起头，又迅速垂下眼睛。他将空烟斗咬进嘴里。

“他们是骑兵，亲爱的，”她转过头，朝小男孩解释道，“只有步兵才走路行进。”

“他们不一样。”

艾尔弗雷德突然就明白自己为什么要留在丁格尔府过圣诞了。他走向罗伯特，让他出去一会儿。男孩并不乐意，但还是不情不愿地听从了。

“我去给吉姆叔叔找那本关于发动机的书，我很快就回来。”他站在门边说。

艾尔弗雷德关上门，朝椅子走去，金发璧人正坐在那里埋首于绸缎之间。他把孩子打发走，她未置一词，这让他有了信心。她一定知道接下来将发生什么。

“我已经来这里住了十天，”他努力组织语言，“而且我也看到了——你和赫伯特之间的情况。”

“艾尔弗雷德，拜托……”

可他倒豆子一样继续说了下去，他知道自己想说什么。

“你不能继续这样下去！你不能！你这是在浪费自己的生命，过这样一种徒有衰老与干瘪的生活，你的心根本得不到一丝温暖。他娶你的时候你还太小，对生活一无所知。这是我亲眼所见，那时候我就认识你了，我都还记得。那时候你还稚气未脱，你那自私自利又野心勃勃的母亲就将你推进他的怀抱，只因为他家底殷实又富有声望。芭芭拉，你一点都不快乐，备受折磨，被绑在一个自命不凡的老古董身边，他对爱一无所知，比一块木头好不了多少！”

她已经站起身，正面向他，眼中写满了疲惫。他一个大步绕过椅子，试图握住她的手，但她将双手背到了身后。

“诚实一点吧，芭芭拉！你很清楚，我说的不过是事情的真相罢了。我自己有眼睛。当他说蠢话的时候，我见到了你看向他的眼神，也听到了你的沉默。你正在飞速滑向灾难的深渊。你会开始寻找一个解脱的机会，因为逃离的渴望是如此急迫，你的判断力可能会出现偏差。你将会犯下大错。某个轻浮的男人会利用你的不幸……”

“艾尔弗雷德，闭嘴！”

“我偏不闭嘴，你给我听好了。自从在教堂第一眼见到你，我就爱上你了，那次赫伯特也在。我一直爱着你，芭芭拉，你听到了吗？我有权利这样对你说话，我有权利照顾你——带你走。”

她双手捧住脸颊，愣愣地盯着他，仿佛无法相信自己刚才听到的话。她是不敢相信自己的耳朵，艾尔弗雷德感到胜利在望。他现在说得更流畅了。

“你必须和我一起走——你和你儿子。你不必放弃他，我不会提出那样的要求。我给不起你一个奢华的家，但我可以给你更温暖的生活和爱意。听着，芭芭拉，很长时间以来，你一直清楚我对你的感觉。去年夏天我来这里，你还记得收割的时候，在日落时分，我们坐在高高的草堆上回家的情形吗？你那时候就猜到了，对不对，亲爱的？我退缩了，因为当时我还不那么确定，因为我还没有发现原来你过得如此不幸福。你演得真好，把我也骗过去了。但刚过去的这一周不一样，你根本无法让我相信你真的在乎赫伯特，哪怕一秒都没有。你怎么能假装呢？他……”

她浑身颤抖，用低沉又破碎的句子打断了他的长篇大论。

“就算我不在乎他——就算我不在乎——你就有权利……？艾尔弗雷德，他是我的丈夫——你的堂兄。我，我对他忠诚，你也必须如此。”

“老天啊！”他叫喊起来，“关*他*什么事呢？重要的是*你*的人生，生活、冒险和*有意义*的时光，在你面前，只有这些才是重要的！芭芭拉！”

他向她走近，张开手臂抓住她。

“你不明白……”

就在这时，门把手响了，他遽然停下，退后了两步。吉姆·唐纳森走进来，宽阔的身形把整个门框都填满了，他间距稍宽的蓝眼睛里满是机敏之色。

“哦，好呀。”他边说着，边信步走进房间。即使他看见了艾尔弗雷德怒目相向，也视而不见；即使他发现了芭芭拉·凯思尼斯花容失色，他亦不动声色。

“烟呢？”他问道，并活动了一下肩膀，他从十点开始就一直在做书写工作。艾尔弗雷德发自内心地不喜欢他。他的言简意赅，他眼中的阳光与诚恳，都使他感到心烦意乱。这就是他认为对芭芭拉构成危险的那种男人，在她处于这种心境的时候，与她生活在同一个屋檐下。

他看到她努力拿起针线装作无事发生。正是她的这种坚韧让他倾慕不已，还有她完美的外貌与形态。一个万里挑一的女人……他的女人。感谢上苍，让他有勇气把这些话告诉她。有点吓到她了，但不需多时，她会把事情看得更清楚。这个唐纳森真该死。这个白痴难道看不出他俩希望独处交谈吗？他看着他占据了一张扶手椅，并将脚伸向火堆。

“气温没有上升的迹象，但还是很晴朗，谢天谢地。”

但他并不像看上去那么迟钝。艾尔弗雷德看到他飞快地瞥了一眼女孩。不过她什么都没说。

无妨，很快全世界就都知道了。赫伯特是最后一个，但那时候他们早就已经离开了。这对他的自尊而言会是个巨大的打击，但无疑是件好事，能让他发现自己并不是万能的。

显然不能直接对唐纳森说“请你出去”，看来他要在这里一直坐到午饭时间了。艾尔弗雷德搜肠刮肚地想了一通有什么能将他打发走的借口，或是能让芭芭拉出去的暗示，但无果。

就在这个关头，男孩拿着一本图画书回来了，决意要吸引吉姆叔叔的注意力。图书室似乎有些拥挤，艾尔弗雷德郁郁地出来了。他需要思考。现在的局面基本是他一手造成的。他发现自己并不感到惊讶，这一刻终究是到来了，而且自己没有退缩，但他还是感到透不过气。情绪上的，自然，但很大程度上也有生理上的。要意识到这一点，他足够有经验。

他穿过起居室向宽阔的楼梯走去。

等到他的脚步声彻底消失，唐纳森蓦地从椅子里坐直，所有的漫不经心不翼而飞，取而代之的是焦虑与担忧。

“还是发生了，是吗？”

“他吓到我了，吉姆。我试着阻止他……”

“——但他继续咆哮，我知道。哦，该死。我为什么没能早点进来？持续了很长时间吗？”

她的忧虑让他心如刀割。

“没有。但他说了很可怕的话——关于赫伯特。他责怪他，还……”

“他会的。他嫉妒，你懂吗，所有赫伯特拥有而他没有的东西。金钱，成功，声名。所以他想要你。拥有你，把你偷走，让你跟他，能叫他相信自己确实是有能力的。他自己心里再清楚不过，他永远也无法获得这种能力。但你不必担心。一定不要担心！他再这样你就喊我。”

“太难了，吉姆。你看，他知道。不是说他知道我们之间的事，而是知道我不幸福。”

他朝她走去，碰了碰她的手，而罗伯特则靠他这个年纪的敏锐直觉意识到，大人们这会儿无暇顾及他，于是回到窗边摆弄起了他的禁卫军玩具。

唐纳森轻柔地说道："我们是昨天才认识彼此吗？我这会儿还有一点茫然，但我开始想明白了。亲爱的，我会告诉赫伯特然后离开。这是唯一可行的办法。我会尽快告诉他，就明天好了。我不会把你牵扯进来，他会就事论事的。有时候我觉得他已经知道了——并且报以理解。他甚至比我知道得还早。在这方面他是个怪人，远比旁人以为的更加敏锐，也更有同理心。"

她缓缓点头，看向他的时候目光迷离闪烁。

"亲爱的，"他说，"我会永远把你放在我的心上，直到我生命的最后一刻。"

他们四个人在餐厅的长餐桌上共进午餐。餐桌正中摆着一株装在锡盆里的冬青，这让丈夫与妻子彼此谁也看不见谁，唐纳森和艾尔弗雷德亦如是。但吉姆不用看艾尔弗雷德的脸也能感觉到他的志得意满。他意识到这个男人的自负脱胎于他潜意识里的自卑，这让他永远都看不到他的一番宣言非但没让芭芭拉感到受用，反而给她带来了厌恶与恐惧。

她始终隐隐地看不起艾尔弗雷德，不见得是因为他似乎天生就没法把一份工作坚持干三个月以上，而是因为，丢工作绝对都错不在他。"我跟他们说下地狱去吧"，要么就是，“我有我的原则，当一家公司做*那种*侵犯我底线的事的时候，他们就哪儿凉快哪儿待着去吧”。接着就开始愤愤地抱怨起上帝似乎总是选他做替罪羊，然后找赫伯特“借”更多的钱，直到他再次现身。

有时候他也谈论女人，用某种让人感到不适的冒犯口吻。但他又确乎拥有某种魅力，某种难以定义的品质，让他在心情不错的时候又化身为一个体贴的伙伴。她本可以彻头彻尾地憎恨他，现在就快要到达这个程度了。他在她人生中的一个艰难时刻将事情复杂化。她很欣慰，吉姆决定去向赫伯特坦白。她愿意和他共同面对。她爱他，她对此既不羞愧也不恐惧。但吉姆是对的。他必须离开她。

午餐结束，她上楼回自己房间躺下，借此逃避艾尔弗雷德。吉姆带着猎犬出门去山间徒步。他想考虑一下未来，顺带也为打起精神，准备好与芭芭拉告别。生活总得继续。不论发生什么，他都不可以与她独处太久。

艾尔弗雷德同样也在思考未来，考虑到他要带芭芭拉离开的决定，银钱短缺这样的现实问题一下子变得清晰起来。他必须尽快解决这个问题。一想到芭芭拉，他的心意又坚决了几分，于是跟随一瘸一拐的赫伯特从餐厅来到了书房。

他精神抖擞，一种所向披靡的感觉刺激了他。赫伯特会像个绅士一样慷慨解囊的。他非常确定，就像他对生活中的所有事一样，胸有成竹。

他接过一支烟，希望对方不要太难相与，说道。

“书进展得怎么样了？”

“非常顺利，艾尔弗雷德。唐纳森的贡献无可估量。对于这个年纪的年轻人来说，他的头脑算是相当出众了。法学知识的储备也很可观。等他开始正式执业，很快就会声名鹊起的。不像大多数衣食无忧的人那样，他很求上进。到退休前他肯定能做到总检察长。”

“幸运鬼。”艾尔弗雷德评论道，“我要是能有他四分之一的机会就好了。我只比他大几岁，如果事情可以有所不同，如果我的运气能再好一点，我也能做成他那样。这让我感觉很糟糕。”

赫伯特戴上眼镜，翻了一页辞典。

“你的遭遇似乎确实令人遗憾。”他说。

艾尔弗雷德点头，扫了一眼堂兄。这张敏锐淡漠的面孔也不是铁板一块。现在是个好机会。

“我选错了方向，这就是整个问题所在。”他继续，“我总是在为他人作嫁衣，却没有为自己筹谋。你看那个采摘甜菜的生意！为什么，我花了六周时间就把公司搭起来了！这个公司之所以能运转起来，我做得比谁都多。今年的利润肯定有十万。等他们下个月公布资产负债表你就知道我说得对不对了。要不是因为穆加特罗伊德，我早就进董事会了。我把他当朋友，他却拿我以前在考文垂和因维克托那些人的纠纷来造我的谣。自然都是他搞错了，但不妨碍总有人会听信他的话。感谢上苍，这些话及时传回了我这里。我当面斥责他是个爱嚼舌根的骗子，然后头也不回地走了。他们当然想过喊我回去，但好马不吃回头草。

“不，要点在于，我得做自己的老板。赫伯特，我有一个千载难逢的好点子。出口代理。一个人就能做的生意。随着新财政政策的不断推进，我接下来要做的是一项了不起的事业。每天都有新的市场打开，但国内却几乎没有一家公司或是机构准备好让本土的制造商去接触那些新市场。但我能做这个，支付我一笔佣金，一笔小钱就行，我来帮他们送货。这里面大有可图！”

“听起来是个不错的主意。”赫伯特说。

“天哪，我想是这样没错。可糟糕的是，我需要一笔启动资金。”

“生意这种东西就是这样的。”

“至少要几千英镑。”

“什么？”

“当然，不用一年，我就能从利润里还清——最多两年。”

赫伯特点点头，合上辞典，端详起香烟。

“恐怕我帮不上你什么忙。”他说。

艾尔弗雷德不自然地移开视线。好吧，一下子要两千可能有点多了。

“一千五我或许也能办得成——”他倾身向前，“从投资的角度来看，这是个绝佳的机会。按最保守的估计，投资者每年能获得20%~25%的回报。我算过的。”

赫伯特没有说话。

“你刚才也说了，这是个不错的主意，”艾尔弗雷德也直说了，“坦白讲，我就指望着你……”

赫伯特从书桌抽屉里拿出一个小笔记本，艾尔弗雷德迟疑着停下了话头。这个蠢货要干什么？

“在过去八年间，艾尔弗雷德，”他听见他用平静冷淡的声调说道，“我借了你六千镑。我说‘借’，是因为每一次你都信誓旦旦地对我说会还。我丝毫不认为你是故意有借无还，但我可以毫不自夸地说，我将这笔钱视为馈赠。一点也没错，这些账目上方的标题我写的是*给A.C.的钱*，我向来乐于助你一臂之力，并且从未苛求过你什么。但是，如果我没搞错的话，去年7月15日，我们讨论到这个问题的时候我已经明确告诉过你，我无法再继续这些——唔——借款了。”

“没错，但是赫伯特，这次……”

“不一样？我猜你是想说这个？抱歉，我无法从中发现这与你之前的提议有任何本质区别。我非常遗憾，艾尔弗雷德，但，非常明确，而且我最后再说一遍，不行！我认为，而且这个观点已经形成有一段时间了，那就是如果你想要成功，那必须靠你自己，断绝任何协助。要是继续给你钱的话，我就直截了当地说了，只会耽误你干出一番事业。”

“好吧，”艾尔弗雷德阻止他继续说下去，“我非常理解。我们不再提这件事了。至于我已经拿了的那六千，我说要还就一定会还的。”

他的声音相当平静。这让他的堂兄感到惊讶，也有所触动。他似乎有些不确定了，几乎立马开始怀疑自己的做法是否明智。但他还是没有松口，艾尔弗雷德一直仔细地观察着他，这下知道毫无希望了。

他站起身，将一厘米多长的烟灰小心地弹进桌边的烟灰缸里。

“你这个固执的老家伙，赫伯特，不过不劳你费心，我敢说，我会凑到钱的。”

他退出去，轻轻地关上了门。

然而他没有立即离开，而是紧张地站在走廊里与发软的四肢做斗争。他告诉自己要平静，毫无回旋余地的拒绝也无法让他的情绪掀起波澜。自己早就该对他的坚决有所预见，并且不为它所蕴含的意味所困扰。大笑一声吧！以示你根本不在乎！

但他低声喑哑地骂了一句："拒绝我！这头猪居然拒绝了我！"

他在走廊里踉踉跄跄地朝前走，头脑里也是一团乱麻。芭芭拉……钱……赫伯特严厉的面孔和一切尽在掌握的眼神都在他的眼前挥之不去。

他攥紧了拳头。赫伯特拥有一切，不是吗？所有的钱。别人的命运也尽在他的股掌之间。艾尔弗雷德·凯思尼斯的命运亦然。甚至也包括芭芭拉的。他有什么权力可以这样？凭的是神权还是人权？这个苍白的跛脚恶魔！

就在这时，他还没有走到走廊尽头，一个念头乍然浮现，仿佛一道光芒驱散了所有不确定的阴影。

他停下脚步，顿时变得相当镇定，他屏住呼吸，仿佛担心有人会将他的心事偷听了去。

他要杀了赫伯特。那些钱就归芭芭拉了。

杀了他，但不是在目前充满仇恨的激情状态之下，而是悄悄地、不为人知地杀掉他。在晚上，神不知鬼不觉地杀掉他。这样就无人知晓他到底死于谁手了。尊敬的凯思尼斯法官大人曾不止一次地收到恐吓信，那些人总觉得自己被判重了。报界曾发表过相关的评论，就在不久前，在那起格拉斯顿伯里敲诈案之后，警方还专门派过一名警卫来保护他的人身安全，直到骚乱平息。

那钱就归芭芭拉了。

随着想法逐渐成形，并最终下定决心，他意识到，只有这个人死了，自己长久以来备受压抑、泥足深陷的失败人生才有可能重新焕发生机并结出累累硕果。

至于芭芭拉，重获自由身，过不了多久就可以正大光明地投入他的怀抱。

谢天谢地，他刚才没有与赫伯特发生争吵！一定是某种受到保佑的直觉提醒了他。成功的预兆。

他开始思考，开始计划，并且发现自己出奇地思路清晰、心态平静。不耐烦的情绪是有的，而且他需要为这样强势的欲望寻找一个表达的出口。但这些，不仅没有阻碍到他，反而激发了他的想象力。

他在图书室的长椅上躺下，闭上双眼。

首先，也是最重要的，他必须控制住自己，在其他人面前表现正常。他的眼神和声音万万不可泄露内心的波澜。不能有什么让他们在案发后接受审讯时会想起的并对他不利的表现。

其次，手法一定要简单。一个想要报仇、无暇顾及后果之人的行为。一场手法不怎么精妙但残忍的谋杀……

他的目光落在了一把伊丽莎白式的短剑上，它和其他几件古董武器一起挂在两扇窗户之间的墙上。他没有起身近观，但却还记得几年前无聊时曾搬动过它。一件有分量又危险的武器。

任何一个从窗户爬进来的人都能轻易取到它，它摆得并不高。他看到厚厚的雪从网球场一直延伸到车道以及伦敦路上。伦敦路上的雪已经被清扫干净了，像条黑丝带穿过两座白色小山丘。

他深吸一口气，像游泳的人游过湍急的浪头，进入了平静的水段之中。

喝茶的时候他很安静。这既符合他的情绪，也符合他的策略。芭芭拉会以为他是因为早上的宣言而感到如坐针毡。赫伯特，知道他因为钱的事失望，也不会指望他表现得多么快活。他发现唐纳森异常沉默，但这对于一个午饭后步行了将近16公里的人来说，也再合理不过。

芭芭拉强打精神谈了些无关紧要的琐事。艾尔弗雷德以为自己了解内情，但他错了。只有唐纳森知道。

她，和自己一样，正在寻求面对痛苦别离的勇气。他们都忧惧，但同时也期待着明天的到来。能够彼此靠近依偎是极好的事，但现状的痛苦却是难以承受的。

赫伯特是他们中间唯一一个心境完全如常的人。他表现得既亲切周到，又侃侃而谈。他很欣慰艾尔弗雷德没有冲动，他没有理由不振作起来，好好地作为一番。

不到五点，暮色就降临了。到了五点半的时候，天已经几乎全黑，窗外的雪变成了朦胧的一片亮。

六点三刻的时候，换装的锣声响起，艾尔弗雷德再次来到图书室，听见其他人纷纷进了各自房间。他有几分钟的时间。稍微抓紧一点，他完全来得及做完该做的事并换好衣服，赶在其他人之前赶到客厅。

他快步走到选定的窗前，打开窗户，小心翼翼地踩上窗台来到雪地。拉上的窗帘可以让他不被突然走进房间的人发现。他在黑暗中站了一会儿，然后无声地在柔软的雪地里奔跑起来。花了不到半分钟的时间，跑了大约四百米穿过草坪，来到路边的车道。然后他掉转头，稍微绕了点路，*走*回窗边。

他的推演是正确的。很显然，从外面潜入的凶手的踪迹会清晰地出现在道路和房屋中间的雪地上，而不是出现在道路上。而且，它们可以显示出凶手是极谨慎地靠近了蓄意已久的犯罪现场，实施了犯罪，然后迅速逃离现场。

在准备这项“证据”的时候，他处心积虑地让这两组足迹没有相交。一旦相交，它们就会暴露逃跑线路是在步行线路之前制造出来的。他不存任何侥幸心理。那条没有积雪的道路简直是天赐良机。在凶手犯案的时候，可能有车会停在那里，而车轮印会被前后的车辆破坏掉。而且进出的脚印基本终结于马路边的同一个地方，显然，侦探们就会说，曾经有汽车在那里停过。

他重新走到窗前，暗中扒开窗帘观察了一眼，然后迈步跨过窗台进了屋子。他关上窗户，用手帕抹去靴子边上和鞋底的一点点积雪，然后在朝房门走去时将它扔进烧得最旺的一簇火苗里。

那不是他的靴子，而是他前几天晚上想多找一条毯子时在卧室外楼梯边的壁橱底部发现的。这双靴子比他自己的至少大了两码。

趁无人发现，他回到自己房间，将靴子放在取暖器上烘干，同时迅速换上自己的晚礼服。在下楼前往客厅的半道上，他神不知鬼不觉地将靴子放回原处。他自信它们将永远不会被发现与雪地上的鞋印有关系，即使这种极小的概率发生了，他们也没有证据证明他曾经穿过它们。

其他人进来的时候，他正在客厅读报。唐纳森更加寡言，而赫伯特比往常和蔼。如果说芭芭拉脸色苍白的话，对此两个年轻人有他们各自不同的解释。赫伯特鲜少会有失察的时候，但这会儿，却似乎没有发现。晚餐后他去了自己的书房，没几分钟后却再次出现在了客厅并提议打桥牌。

这个提议得到了响应，它能帮助各怀心事的几个人打发掉这个煎熬的夜晚。

经过五轮对决，牌局大约在十点半的时候结束。艾尔弗雷德是唯一的胜家，赢了27先令。

“看来我运气不错。”他说道。几分钟后他向芭芭拉告辞，并向他们道了晚安。

他离开的时候赫伯特非常友善地朝他点了点头，艾尔弗雷德将这理解为他因为自己没有无理取闹而感到如释重负。自私的伪君子！

他关上卧室的房门，迅速换上睡衣和睡袍，躺到羽绒被下，并且关上了灯，努力让自己尽可能耐心地等待。

行动的时刻近了。赫伯特，一个似乎不怎么需要睡眠的人，根据老习惯，等屋子里的人均已就寝之后，他还会在图书室的火炉旁再看一会儿书。

艾尔弗雷德听着老屋里的动静，并仔细分析。

在这期间，他有过一丝犹豫。他听见芭芭拉经过他的房门口回自己的房间，但她突然停下脚步，折返到楼梯口。他好像听到了唐纳森压低了嗓子说话的声音。

他不禁冷笑。那个青年才俊也拜倒在她石榴裙下了吗？

几分钟后他听见她回来了，而且发现她走得很慢。他压下打开门和她说说话、单独和她待一会儿、将她拥入怀中的强烈冲动。一想到她的怀抱，他的身体就像过电一样。未来，很快……到时候有的是时间……有的是时间。

她回到房间，关上了门。唐纳森住在屋子东翼，太远了听不到。但艾尔弗雷德察觉到他穿过楼梯口往那边去时踩在光可鉴人的橡木地板上的沉重步伐。

他们说了些什么？这是个无聊又暗含嫉妒的问题。但他安慰自己说，如果觉得唐纳森碍事的话，等大事解决了，他也很快就可以处理掉。芭芭拉太有魅力了，不能让她太自由。等赫伯特不在了，她……

他强迫自己将注意力放到眼前的事情上来，躺了大概20分钟后，他从床上下来，穿上一双毛毡底的拖鞋。

经过楼梯的时候他没有发出一点声音，穿过熄了灯的起居室去往图书室的一路上他也一声不响。门缝下的一线亮光打消了他的疑虑。

他悄悄打开门，但并不鬼祟，关门的时候也没有弄出多余的动静。

赫伯特正脱了鞋舒展地坐在扶手椅里，从书本里抬起头来，借着身旁桌上台灯的有限亮度看了过来，那是大房间里唯一的光源。

“是我，艾尔弗雷德，我上楼前忘记拿本书了。”

他走进亮光下，双手自然地放在睡袍的口袋里，随意得与常人无异。

赫伯特眼神锐利地看了他一晌，欲言又止，便说道：

“你之前在读《时间实验》是吗？去那边第三个书架上找找吧，就在长沙发后面。大多数新一点的书都在那里。”

“谢了。”

赫伯特继续看他的书，艾尔弗雷德来到刚才说到的书架前。他感受到一种排山倒海且令他窒息的亢奋。他扫了一眼那排书，却心不在焉。他背对着椅子上的人沿着书架踱步。他来到房间角落，两扇窗户之间就挂着那把伊丽莎白式的短剑。

他集中注意力，大声读出了面前一本书的书名。

“《马基雅维利的人生》，作者维拉里，”他说，“这书如何？”

“稍显僵硬，维多利亚时代流行的传记风格。”赫伯特没有抬头。

“嗯。”

艾尔弗雷德暗想道：“马基雅维利，这个狡诈的聪明人。”

马基雅维利，马基雅维利，这个名字在他脑海里来回盘旋，像只老鼠在干草堆里窜来窜去。镇定！安静！

他悄无声息地朝两扇窗户之间挂着短剑的那面墙靠过去，取下短剑。他的大脑不再纷乱，恢复了理性。只是在握住剑柄时呼吸比平常急促了一些。

理论上的谋杀现在就要成为事实上的谋杀了。有那么一瞬间，他甚至逼迫自己鼓起勇气付诸行动。不要再犹豫了！

从椅子的背后可以看到赫伯特的后脑勺。他正读得入神。艾尔弗雷德走了四步，跨过铺在窗户与壁炉之间的窄长地毯，一点声音都没有。而赫伯特对身后的动静毫无知觉。

但他突然说话了。

艾尔弗雷德紧张得直哆嗦，在距离他一米不到的地方突然停了下来，将短剑藏到视线之外。紧接着他突然意识到，听赫伯特刚才说话的音量，他以为自己还在房间的另一头呢。他松了一口气，迅速退回到书架前。

“什么？”他问。

“我说，你看到我的字条了吗？”

艾尔弗雷德努力让自己集中精神。

“字条？”

“晚餐之后我放在你梳妆台上的，在我们开始打桥牌之前。不要紧，你一定没注意到。”他抬头看了一圈，补充道，“你上去后再看也不迟，在我们结束这个话题之前，希望你记住，里面的每一个字我都是发自真心的。”

艾尔弗雷德很高兴那一刻自己转过身背对着赫伯特。他不敢相信自己强烈波动的情绪，他用尽所有意志想要控制住的混合着暴怒与紧张的表情，没有流露在自己的脸上。

“知道了，”他说，确信自己的声音平稳，“我不会忘的，没错，一定是我大意了。等我上去之后就看。”

关于他俩之间存在经济纠纷的书面证据！就躺在梳妆台上！那封信他一回房间就得销毁。让它灰飞烟灭。他太清楚信里会写些什么了。典型的凯思尼斯大法官的口气！直截了当地再次重申，拒绝给他不成器的堂弟再提供哪怕一个子儿！“希望你记住，里面的每一个字我都是发自真心的！”

行啊！好好享受你的权力吧！好好享受，趁你还拥有它，赫伯特哥哥！你拥有不了多久了！

艾尔弗雷德再次跨过地毯，他嘴唇抿成了一条线，因为肌肉紧张甚至还泛着点紫。他不再动摇，不再感到躯体的迟疑。野性像火一般点燃了他。

这一次赫伯特没有说话，专注地看着书。然而，就在匕首从椅子侧面扫过去的那一瞬间，他稍稍坐直了身体，仿佛某种第六感作祟，提醒了他即将到来的危险。

但这个小动作于事无补。确实，这使他暴露得更多，从而使袭击更加精准。

艾尔弗雷德使出了全身的力气。事实上，将一把单薄的短剑以略微翘起的角度穿过肋骨直抵心脏，远不需要这么大的力气。

他抽回手，将武器留在了他的身体里。

甚至都算不上是叹息，只是一声轻喘，这是死神降临时唯一的声音。尸体扭动了一下，然后就静止了。脑袋耷拉在穿着白衬衫的胸前。

艾尔弗雷德在椅子后面一动不动地站了大约三秒，这三秒钟仿佛有一个世纪那么漫长。然后他将自己的手举到台灯散发出的白色光线之下仔细观察。稳得很。

他抬起头，看到了雕刻在壁炉上的凯思尼斯家族的徽章。它在火光中闪耀着血色的光芒。

有意思。即使是赫伯特，一个终日久坐的跛脚人，也是丧魂于剑刃下的。与传说出奇地吻合。

他从死者胸前的口袋里掏出白手帕，弯下腰，将剑柄上的指纹擦拭干净，再将手帕折叠整齐放回口袋，然后走到窗边。

他跪在窗台上，窗帘在背后遮住他。他掏出一把折叠刀，隔着睡衣下摆用手打开窗户，把窗闩上的漆刮掉了一点。这样看起来就会像是从外面强行撬开的了。花园里一片漆黑，寂静无声，冰冷的雪花打在他的脸颊上。

他收好折叠刀，重新放回浴袍口袋里。

就在这么做的时候，他突然听到房间里一声短促的响动。非常蹊跷的咔嗒一声。他顿时屏住了呼吸，体会到了切肤般尖锐又疼痛的恐惧。

他在窗帘后面悄悄地站回到地上，他直觉地低下身，免得被人看见。他单膝单手触地，艰难地蜷缩着，生怕让窗帘鼓起来。

他待在那里，完全静止，调动起所有的感官，借此确定自己看不见的房间里是否还有哪怕最轻微的声响或动静。

自那一声以后，就再无动静了，这多少让他提着的心放下了一点。他朝后爬了大约30厘米，将眼睛对到了两片窗帘的接合处。

整个图书室非常平静，没有人。死者的腿和他的右臂从火炉前的扶手椅里伸了出来。没人搬动过他。

他悄悄地穿过房间，看到赫伯特刚才在看的书从膝上掉到了地板上，并且在掉下来的时候砸到了钢火棍的杆子，把壁炉弄乱了。

他用紧张的手抹了一把嘴唇，并且记得没有将灯熄灭。一个仓皇逃离的人是来不及关灯的。

他不慌不忙地离开了图书室。

一切均按计划进行。没人听见他的动静。没人见过他的身影。

穿过休息室时，他感到大拇指指尖有些疼痛，于是想也没想就伸到嘴里吮了吮。他的舌头感知到手指破了一块皮，他有点不明白到底是怎么弄破的。

但他现在想的是梳妆台上的信，以及一定要将它销毁。烧掉？没错，在洗手池里。然后将纸灰冲掉。这样可行。

他回到自己的房间，发现了那封信，静静地躺在他晚礼服的领子下面。这说明他在脱衣服的时候有多专注，都没注意到它。

他撕开信封，读了起来。他的手开始颤抖。

亲爱的艾尔弗雷德，

拿去吧，但说真的，这是最后一次了。相信你是真的想让这个新项目成功，我也看到了你与以往截然不同的态度。我想你是诚恳的。

祝你好运。

赫伯特

一张粉色纸条，角落里一个蓝色印章……这是一张两千英镑的支票。

他盯住字条，恍惚了。出乎意料的走向令他动弹不得。他的思绪像风中之烛一般飘摇不定，好一阵才重新恢复了思考能力。

赫伯特还是答应了。不论是出于关爱还是慷慨，天知道因为什么，他还是改变了主意。

赫伯特……刚刚被他杀了。

他闭上双眼，脚底下晃了一下。他到底做了什么？

他努力抓住自己飘浮的思绪，努力使之有序化。

随后，一股憎恨之情突然升腾而起。

这个宽宏大量的居高临下的家伙！他是掏了钱，没错！但偏要用这种促狭的方式，这恰恰反映了他促狭的灵魂！

他很庆幸自己杀了他！*庆幸*！他再次高兴起来。

而且自己也*没*白杀他。

假使他还活着，那芭芭拉的问题就仍然存在。他死了，芭芭拉就能重获自由，自由。现在他俩之间再也没有任何阻碍了。

必须如此。命中注定他要在事后才能看到这封信。

他不会想要销毁它。有了这张支票，就提前消除了警方可能会对他产生的怀疑，如果他们想象力够丰富的话。

他比之前更安全了。

他端详起镜子里的自己，眼神镇定，丝毫没有泄露自己刚才的所作所为，看起来对楼下发生的事一无所知。

他看了一眼腕表，可喜可贺，离开卧室正好只用了九分半。

他脱去睡袍，钻进了冰冷的被窝。

但他没有睡着。

第二天一早，在女仆发现谋杀后的惊骇时刻，他的表现恰如其分。他的面如死灰与颤抖踉跄都恰到好处。是他打电话报的警，作为死者亲属，他肩负起了那些会给芭芭拉造成痛苦的责任。

他接待了警司与督察，并极热心地协助他们开展初步调查。雪地上的脚印，撬开的窗户，以及凯思尼斯大法官经常会收到或这或那的恐吓信的事实，都清晰地表明了作案凶手及作案动机，而这样的结论似乎是疲惫不堪的警察所乐见的。

“我们会抓到这家伙的。”督察说着，并开始测量，对图书室、窗户还有雪地进行地毯式搜查。警司则去附近走访调查，打听是否有可疑陌生人的证据。

吉姆·唐纳森的状态看起来有点怪，一种意味深长的沉默。只有芭芭拉，在短暂摆脱震惊所造成的麻木之余，才能体会到他的感受。生活跟他开了个玩笑。他在最后时刻得到了想要的，却得为之付出沉重的代价。

在那个可怕的上午，他短暂地与她独处了片刻。他说：

“我会挺过去的，亲爱的，但我内心深处却有种糟糕的感觉，我总觉得自己以某种形式、在某些地方欺骗了他。”

她摇头。

“*他*不会这么认为的。”

他鼓起勇气，看到阳光明亮地照耀着银装素裹的树木。过不了多久，积雪就会奇迹般地消遁于无形了。

艾尔弗雷德一本正经，但又装作对督察的工作感兴趣的样子，在一旁看着他工作。他很满意，一切都进展顺利，但他也察觉到，就在接近晌午的时候，督察突然来了精神。

他看到他发现了一枚指纹，只有一枚，就在窗台的白漆上，还有这会儿他们都没太在意的，一个士兵玩偶，躺在窗台下方的地毯上。

“小罗伯特的，”艾尔弗雷德解释说，“他昨天在这里玩儿来着。一定是他……”

他不说话了。

督察正为那枚指纹感到疑惑，指纹非常清晰，但中间部分却凹凸不平，看起来应该是一只左手拇指的，独一无二的指纹。此时他注意到了气氛突然的凝固。

督察还没有意识到他的同伴正与不断升起的、压倒性的惊恐做斗争，因为他已经发现禁卫军的小剑弯曲了，而且剑尖暗了一块，似乎有什么东西挂在上面。

“这把剑——”艾尔弗雷德吞吞吐吐，用食指触摸到自己左手大拇指指尖破了皮的那一小块，“我的天哪！是剑划破的！”

督察充满探究意味地看着他，一言不发。

他对戴罪之人的面孔并不陌生。

就在那一瞬间，他将某个显而易见的调查方向搁置一边，转向了另一条路径。没过多久，看似蹊跷的案情开始变得合理。然后就是那寡妇的供词。

辩方律师尽了全力。他提问，被告应该对死者多么心怀感激，质疑他杀了人合理吗？比如，单论那天晚上，就有两千个理由吧？

但陪审团认为这样的怀疑或许是合理的。然而，除此以外，同样让他们印象深刻的还有指纹专家和医生提供的证据，他们坚信不疑地认定，那就是疑犯的左手拇指。血液专家也成功地证明了窗台上的指纹在督察发现的时候，出现尚未超过十个小时。这个时间也与案发时间相吻合。

面对国家针对自己提出的指控，被告没有花什么力气去辩驳。他面无表情地听着诉讼，眼睛盯向摆在法庭中庭桌子上的物证里最小的那一个——一个宝剑破损了的禁卫骑兵团玩偶。

它似乎迷住了他。

他于五月被处以绞刑。

圣诞贺卡疑案

唐纳德·斯图尔特

唐纳德·斯图尔特是约翰·罗伯特·斯图尔特·普林格尔（John Robert Stuart Pringle）（1897~1980）的笔名之一，他是一位高产的作家，尤其是以另一个笔名杰拉尔德·弗纳（Gerald Verner）所发表的作品，深受伟大作家埃德加·华莱士（Edgar Wallace）的影响。与华莱士一样，他也善于自我宣传。在一次《萨里彗星报》的采访里，他描述了自己从一贫如洗到腰缠万贯的经历。这位记者一口气记录了他“有一次整夜守着一具男性尸体，以防他突然诈尸吓到他胆小的妻子——也就是弗纳的女房东，因为这桩功劳，他被减免了原本付不起的伙食费和住宿费。他在伦敦海鲜市场‘撞’过冰，设计过海报和杂志封面，街头卖过艺，做过记者，替卡巴莱排练节目，周薪是两百英镑，也做过演员，和扒手以及杀人犯往来，还有其他一百零一件刺激事——现在，年届四十，他是英国国内最成功的侦探小说家之一……他的发行量可观，书的销量达到了150万册，而且他可能还保持着一项创作纪录——5年一共写了23部长篇小说，还有将近100篇短篇故事、连载小说，以及两部电影脚本”。这还不是全部，“作为一个记忆力超群且能高度集中精神的人，他可以同时写好几部小说，并从不遗漏任何一条故事线……利用有限的一点空闲时间在泰晤士河里开摩托艇”。

绝大多数这样高产的作家及其作品一旦退出市场、不再如此频繁地出版作品，立刻就会陷入无人问津的地步，这几乎是他们共同的命运，斯图尔特也不例外。不过，他成功的秘诀在于擅长制造悬念以吸引读者不断读下去，这则故事就是他善于娱乐读者的绝佳例证。本篇故事发表于《侦探周报》1934年12月的第96期。

伴随着一声嘶鸣，释放蒸汽的声音听起来仿佛一句如释重负的轻叹，西部快线停在了博德明站的月台旁。头等车厢里走出一位瘦高男子，转而回头去搀扶一位中年女士，她丰满的身体被一件宽松的黑色毛皮大衣包裹得严严实实。

“但愿能有个候车室，”一阵刺骨寒风刮过站台时她颤抖着说，“这天气对我们这种有风湿病的人来说可真难熬。”

“我可以肯定，一定会有候车室的。”著名剧作家特雷弗·洛对女人矫揉失真的英语口音哑然失笑，说道，“不过也不用等很久，我们要乘的列车20分钟后就开了。”

当他的秘书阿诺德·怀特和沙德戈尔德督察走过来后，他转过身问，“能麻烦你照看一下行李吗？”

阿诺德·怀特点点头。

“咱们车上见。”剧作家补充道。当秘书匆匆走下月台朝警卫车厢走去时，他又喊了一声，“来吧，沙德戈尔德！”

这个来自苏格兰场的督察红光满面，扶了扶尖脑壳上的圆顶礼帽，将双手插进大衣口袋，跟上洛的步伐，一起朝通往另一条站台的天桥走去。

这三个人正要去和洛的一位朋友共度圣诞。这位朋友住在圣梅林，一座位于康沃尔郡荒原中的村庄。这个邀请由来已久，而且说实话，要不是这位朋友三天前来信提醒他兑现诺言，剧作家早已将它忘了个干净。

洛原本打算待在家里过圣诞的，并邀请了沙德戈尔德一起。为了避免在最后时刻让这位魁梧的督察失望，他给这位朋友，也即老同学发了一封电报，询问是否可以带上一位苏格兰场的人。回信极具对方的个人风格：

带上整支警队都行，来就是了。23日，9:05，我等你。

从帕丁顿出发的旅途漫长又无聊，好在最糟糕的部分已经过去，再过几个小时，他们即将抵达目的地。

他们穿过天桥，找到一间候车室，让那位胖女士坐到小火炉跟前，她等的是另一班列车。他们则来到户外，边散步边等待那辆将他们载向圣梅林的列车进站。

雪下得很急。没有顶棚遮盖的月台上积了厚厚一层雪，而且还在变得更厚。

“天哪，可真冷！”沙德戈尔德挤出这么一句话，他的红脸更红了，呼吸也带着白汽，“不过在车厢里闷了那么久，出来呼吸呼吸新鲜空气还是舒服的。”

洛表示同意。呼吸几口从风雪肆虐的荒野刮过来的寒风是种滋养。他们一直走到顶棚尽头，然后掉头往回走。这时候，洛发现月台上已经不再空荡无人。有几个人在上上下下，在另一头有个姑娘独自站在那里。显然他们都是从西部快线上下来的换乘旅客，正在等7:20的火车。

洛有点惊讶，这趟车居然有这么多乘客。列车的终点站是特里戈尼，就在圣梅林后面一站，那地方也不过就是个村子而已。他下意识地开始点人头。有六个男人，再加上那姑娘一共就是七位乘客。

在他们踏上天桥的时候，阿诺德·怀特跟上了他们，和他一起的还有一位搬运工，推着满满当当的行李车。洛便将那些也在候车的人抛到脑后。假如他能预知即将发生的事以及那七个乘客将变得何等重要，他就会对他们有更多的兴趣了。可此时的他并不知道自己即将被卷入一桩疑案，以及可怕的事情正在这个大雪纷飞的黑夜里静待着他和同车的旅客们。

列车准时倒进了站台。列车并不是很长，而且只有一节头等车厢。洛希望他们能有一间自己的包厢，他看到那个姑娘正要进头等车厢，而之前看到的其他几个人进了别的车厢。

她呼吸急促，当洛接过她的行李箱帮她放到行李架上时，他发现她在剧烈地颤抖。她显然是在害怕，他有些好奇原因。她含混不清地道过谢后，坐在了阿诺德·怀特让给她的角落里的位子上，而且下一秒就心无旁骛地读起了报纸。

她是个苗条的姑娘，脸蛋也可爱，只是面色煞白。洛偷偷地打量起她，发现她的长筒袜是人造丝的，左边那只已经抽丝了，被妥帖地缝补起来。她的鞋子挺破旧。她戴的手套是便宜货，两个手指的地方被仔细地补过。外套也寒酸，领口的毛已经被磨损了。她头型漂亮，但斜戴在头上的小黑帽却显然是最廉价的那种。

她从正读着的报纸中抬起眼睛，正撞上洛的视线，又飞快地垂下了眼帘。洛没能看清她灰色眼睛里一闪而过的受惊神情——一种万分惊恐的神情。

汽笛声响过，火车便启动了。列车往前冲了一下，又停住，好像不情愿离开车站顶棚的庇护去面对寒夜一般，或者说得好听点，就是哼哼唧唧但又尽忠职守地开始了横跨大陆的旅程。

女孩没有再抬头，视线始终盯在报纸上，尽管洛十分肯定她压根没看进去。他开始对女孩感到好奇，并且开始自娱自乐地猜测女孩的身份，以及她要去向何方。她是从伦敦来的，因为他记得在帕丁顿的站台上看见过她。他推测她极可能是回家和父母共度圣诞。但她为什么要害怕？她在害怕什么？他思考了一路，火车开开停停，在一些小站卸货，再捎上新的包裹和信件。其中绝大部分是短暂停留，但最后一次，火车已经开出好几公里，都开始加速了却突然刹车减速，吱吱呀呀地停住了。

“又停下干什么？”沙德戈尔德咕哝道。

特雷弗·洛用衣袖擦了擦雾蒙蒙的车窗玻璃，朝黑暗中望去。

“没看到车站，”他说，“除了雪，我什么也没看到。”

这时，一束光一闪而过，他看到有人提着灯在车厢外匆匆走过。这时，车厢外响起了喊声和模糊的交谈声。洛放下车窗，将头伸出窗外。雪下得更急了，起初他几乎什么都看不见，只能凭借从车窗透出来的灯光辨认出火车头旁站着一堆人。有人在叫喊，然后洛看到乘警提着灯朝他跑来。

“发生了什么事？”等那人跑到车厢边上时他大声问道，“我们怎么停下了？”

“因为没法开了，先生。”警卫含混不清地说道，“前方隧道雪崩，把轨道都堵死了。”

“这意味着我们要被困在这里了吗？什么时候能疏通也不一定？”剧作家问道。

“恐怕是的，先生。”铁路官员回答，“怎么说也要到明天上午了，或许要更久，这取决于救援队需要多长时间才能清除积雪。”

洛转身告诉车厢里的其他人，与此同时，乘警也在向其他乘客通报故障情况。

“与其整晚待在火车上忍受越来越刺骨的严寒，”洛提议道，“我建议咱们沿着轨道走回20分钟前刚离开的车站。我们可以寄希望于在车站附近找个住的地方，不管怎么说，走一走总比坐着空等好。你们认为呢？”

阿诺德·怀特和沙德戈尔德二话不说就同意了。当洛询问其他乘客的意见时，只要有人提出一个明确的方案，他们似乎都十分乐于追随。

当大家走出车厢，沿着冰雪覆盖的铁路开始这趟匪夷所思的午夜徒步时，洛环顾四周找寻那个女孩的身影，在这群人中没有看到她，于是便问沙德戈尔德。

“这个嘛，”沙德戈尔德说，“我邀请她和我们一道，但她似乎不怎么想走路，她说情愿待在车上睡一会儿。说实话，我觉得她身上的衣服根本不足以御寒。我本想将自己的大衣给她，又担心她可能会觉得受到冒犯……”

洛在夜色中笑了。一想到那个瘦弱的姑娘裹着身材魁梧的督察的大衣，画面就有点好笑，而且洛也完全可以想见，这位朋友试图英雄救美的时候是何等尴尬。既然这样，那个姑娘也是成年人了，完全可以自己做决定，而且她很可能是正确的，待在安全有保证的列车上，而不是下车在荒芜的乡间面对各种不确定性。

这群受困的旅客们很快就分成三三两两的了，洛一行人落在最后，边走边聊。

他们稀稀拉拉地走了大约一刻钟，身后突然传来一声惊呼。声音很微弱，甚至可能都没传到前面人的耳朵里。这三个人立刻警觉地停下了脚步。

“沙德戈尔德你待在这儿，告诉其他人有情况。”洛言简意赅，“怀特和我回去看一下。”

他开始沿着来时的路奔跑，怀特紧随其后，飞旋的雪花让他眼前一片混乱。转过一个弯之后，他辨认出一座桥模糊的拱形影子，片刻之前他们刚刚经过这里。就在这时，又传来一声惊叫，他和怀特抬头往上看。

有根绳索从桥栏杆上悬下来，绳子上还吊着一个女孩。洛出于直觉，立刻就将这个无助的身影与火车上的女孩联系了起来。是什么让她离开了车厢？究竟为什么有人会想要伤害她？尽管这些疑问一个接一个地在洛的脑海中闪现，但他并没有停下脚步细究。相反，他加快了速度，并朝桥上另一个模糊的身影大喊出声，那人正费劲地将挣扎的女孩拖回桥上。

他的喊叫立即见效，并且效果显著。那个人影丢下了绳索，女孩尖叫着摔到了铁轨上。所幸积雪起到了缓冲作用，除了气喘吁吁、惊魂未定，她似乎并没有怎么受伤。

洛扶她站起来并安抚着她，怀特跑上桥面，希望能找到关于凶手的一些线索。但没有什么希望。不管那人是谁，确实占了个天时地利，在漫天大雪的黑夜，人是追不上的。怀特下桥，回到铁轨旁向洛汇报，他也这么认为。于是三人就掉头折返，他们让女孩走在中间。

女孩自然还在害怕，并且一直在发抖，但除了她也不明白自己为什么会受到袭击，洛没有从她那里得到什么有效的信息。他确信女孩有所隐瞒，但还是那句话，这是她自己的事。他明确地问过她，为什么在跟沙德戈尔德说过要待在车上之后又下了车。

“我本来是想待在车上的，”她脱口而出，“但有个男人，肯定是站在了踏脚板上，在朝车厢里盯着看……我被吓到了，所以我从车厢的另一侧跳车开始跑，本想追上你们。他一定是在那桥上等着我。”

这回答显然并不令人满意，无法回答剧作家心里的诸多疑问，但考虑到她受了不小的惊吓，剧作家便也不忍多问。

等他们追上沙德戈尔德和其他人时，洛只大概说明了事情的经过，并用胳膊捅了捅督察，示意他别再追问。

最终，火车上下来的这群人到达了他们的目的地——一个荒无人烟的车站。在这里，等待他们的是崭新的失望。这是个偏僻的小车站，正独自当值的铁路官员很快就让他们打消了在莫兰德站附近找旅馆的幻想。

一小群人气闷地站在莫兰德站积雪的月台上瑟瑟发抖。他们惊惶无措地盯住全站唯一一个工作人员，他身兼三职，既是搬运工，也是订票员以及站长。

“你是说，”特雷弗·洛说，“离这里最近的旅店在大约20公里外？”

“对，先生，没错”，那人说道，“20公里，而且你们不能待在这里，因为我要锁门了。”他拿头指了指站台尽头的小木棚。整个车站就这么大。

“简直不像话！”一位壮实的年长男人出言斥责，“太不像话了！铁路公司让我们陷入这样的困境，他们应该承担起相应的责任！”

“既然他们并不打算承担责任，”洛接着说，“那咱们就只能靠自己了。”

雪依旧下得很急，更为雪上加霜的是起风了，冰冷的寒风无孔不入，横扫过空旷的荒原，钻进人们最厚的外套，直接冻彻骨髓。女孩的脸都冻青了，她那件褴褛的外套根本无力抵御刺骨的西北风。

“20公里以内一定还有别的地方。”洛急道。

守门人不耐烦地摇了摇头。

“我都说了没有！”他回答，“只有‘锁链人’，但你们就是在露天里待着都比去那里好。”

“‘锁链人’？那是什么地方？”一个高个儿的金发男人看着瑟瑟发抖的女孩焦虑地问道。

“一个酒馆，大约一两公里远，在摩尔路上。”守门人回答，“但你们要是听我的……”

“为什么，那地方怎么了？”壮汉问道。

“怪得很，”守门人嘟囔着说，“店主叫乔·康福德，是个粗鲁野蛮的家伙，那地方也没什么好名声。这一带的人没人会靠近他家的店。五年前有个家伙在那里被杀了，从此以后……”

“就别管他怪不怪了，兄弟！”一个东伦敦人直接打断他的话，“总比冻死在这可恶的月台上来得强。”

“随你们的便。”守门人稍有犹豫，然后耸了耸肩说道，“但我是情愿在露天荒野里待着也不会去‘锁链人’过夜的。如果你们和我一起出站的话，我可以给你们指路。”

他们跟他走进同时用作售票厅和候车室的小木屋，等他仔细地锁上门，然后走下木质台阶，来到大路上。

“沿着那条路走，”他指着一条逐渐隐于雪幕背后的狭长道路，“别说我没提醒过你们。你们会在一公里开外的道路左手边找到那家店。”

他们艰难地沿着道路朝前走，厚厚的积雪让他们难以分辨脚下的究竟是道路还是道路旁边的荒沼地。仿佛已经跋涉了好几公里，手脚都冻得失去了知觉，才看到前方左手边有一簇微弱的灯光，提醒他们目的地终于近了。

再走近一些，在雪花飘飞的黑暗中，他们听见头顶上空传来招牌板与柱子撞击发出的咔咔声。左手边是幢灰蒙蒙的建筑，从一楼的窗户里透出一抹微光。

“谢天谢地！”小个子的东伦敦人说道，刚才来的路上他告诉大家他叫阿蒂·威林斯，“妈妈的流浪儿可算到家了！”

迈上低矮的门廊，特雷弗·洛找到一个锈迹斑斑的门环，响亮地敲了几声。过了好一阵，门才打开，一个蓬头垢面的男人举着油灯向外看。

“怎么？”他粗声粗气地大声说，“你们想干什么？”

洛立刻解释了情况。这个男人，想必就是店主乔·康福德了，只见他粗鲁地点点头。

“你们可以住下来，”他说，“但有什么用什么，没的选。我们这里最近没什么人住。”

“只要您能生个火，给我们点吃的，再有张像样的床就行了。”洛提出要求。

“还有啤酒。”威林斯插嘴道，“别把这个忘了，老兄！”

“你们一共多少人？”老板大声问。

“十个。”剧作家回答。

“我只有八间房，”康福德说道，“但进来吧，我尽量安排。”

他们在走廊上各自放下行李，走进他指向的房间，一间低矮的长方形屋子，顶头有个壁炉，万幸，他们注意到，壁炉里的火烧得正旺。

“管他怪不怪，”威林斯暖了暖手，说，“总比受冻来得强，不是吗？”

那个壮汉告诉洛自己名叫威廉·梅克皮斯，他热情地表示了赞成。

店主抱着一捆木头回来了，身旁还跟着个邋里邋遢的女人，店主称她为“太太”，并说她会带大家去房间。房间确实不怎么样，局促邋遢，设施也简陋。他们用老板送来的温水洗过澡，再回到咖啡室，发现空气中弥漫着诱人的煎培根香气，桌子上摆着一堆形制奇怪的陶器。

席间，剧作家观察了这群不幸的同伴，发现他们三六九等，各有不同。他们是：威廉·梅克皮斯——中年，灰发，开朗；那个脸蛋红彤彤的小个子黑发东伦敦人叫阿蒂·威林斯；一个面色苍白的瘦子，他几乎没有开过口，洛尚未得知他的姓名；年轻的金发男人，他介绍自己叫弗兰克·科顿，他极为关注女孩的一举一动；一个谢顶的男人，留着精心打理的胡须，胡子黑得像是染过一样；那个面目温和的男人叫皮尔比姆；还有那个女孩。

她比其他任何人都更让洛感到好奇。她在博德明上车时眼中流露出的恐惧曾叫他感到惊讶，现在她的忧惧之色更深重了。他看到她曾有那么一两次不安地扫视着桌边的男人。她的视线带着焦虑与探寻从他们的脸上一一掠过，仿佛正试图为某件困扰着自己的事找到满意的答案。她辨认出桥上的神秘袭击者了吗？洛还注意到了别的。那个壮汉——威廉·梅克皮斯，在自以为没人注意的时候，也在不断地瞥视女孩。洛觉察出了空气中奇异的紧张感。他不清楚它从何而来，但确实存在，这让他浑身上下都感到不自在。

女孩用餐完毕就站起身，含含糊糊地道过一句晚安便先行离开了，剩下他们几个围在壁炉旁有一搭没一搭地闲聊。直到四下无话，大家便不约而同地各自回房。

风扯得更紧了，屋子四周到处是呼啸的风声，烟囱里灌满了风，窗户也被吹得咯咯响。一扇关不牢的百叶窗有一阵没一阵地咔咔响。尽管非常疲惫，但这声音还是让洛没能立刻入睡。他在咖啡室里感受到的奇异的不安感更加强烈了。本能这东西，在完全清醒的时候会被理性压抑，却会在大脑昏昏欲睡之时变得更加活跃。朦胧之际，老旅馆突然变得极为凶险。这种感觉虽是想象出来的，却深深地占据了他的大脑，他试图摆脱，但它盘桓不去。入睡后，他梦见了这样一幅画面，一个恐惧的女孩，蜷缩在围成一圈的暗影当中，暗影们都没有脸，他们朝她喋喋不休、胡言乱语，还伸出长长的爪子一样的手试图抓住她缩成一团的身体。接着，当她终于不堪惊吓哭出了声，那些影子却突然幻化出了形状与面孔，变成了围坐在咖啡室长桌旁的六个男人的脸。

特雷弗·洛感觉自己似乎只睡着了一小会儿，然后突然就醒了。起初他以为是松动的百叶窗在风中晃悠的动静吵醒了自己，但仔细一听，他听见有人压低了嗓子说话的声音。声音来自他的正下方，就在他准备翻身再睡的时候，这时传来一声尖叫，而且还戛然而止！

他在床上坐起身，高度戒备，尽管竖起耳朵仔细分辨，但这会儿楼下却全无动静了。他溜下床，在睡衣外面套上外套和裤子，打开门。

走廊伸手不见五指，但走到楼梯口，他却发现楼下走廊里有一簇微光一闪而过。

“谁在那儿？”他轻声问，“发生什么事了吗？”

光亮顿时消失了，他听到掩门的吱呀声，却无人应答。

他来到走廊，试图穿过走廊进入咖啡室，却突然被绊了一下，摔倒在地。他伸手撑住身体，却碰到了触感丝滑的什么东西——又滑又湿！

他低喊一声，爬起来打开咖啡室的门，来到快要熄灭的火堆旁，踢了一块木头，等火势重新烧旺。在闪烁的火光中他查看自己的手。双手都沾染了深色的污渍，在火光下闪耀着血色的光。再看一眼门外，他便什么都明白了。

倒在地上的是一个穿着睡衣和睡袍的人。特雷弗·洛走过去弯下腰。壮汉威廉·梅克皮斯面目扭曲，死死地盯住他，胸口插着一把刀，周围的丝绸睡衣上渗着一圈与他手上相似的污渍。

一看便知，这人已经死了，他呆滞无神的眼睛一动不动地定在褪色的天花板上。这是谋杀！

他记得醒来时听到的说话声，一闪而过的火光，还有关门的吱呀声。长桌的尽头摆着一盏油灯，就是店主在门口接他们进店时举着的那盏。洛摸了摸陶瓷灯罩，立马缩回手。灯罩仍然非常烫。他刚才在楼梯上看到的亮光想必就来源于此，而且一定是凶手趁他下楼的间隙吹灭灯然后逃走了。

他浑身不受控制地打了一个哆嗦。那人一定正躲在某个黑暗的角落里看着他跌跌撞撞地摸向咖啡室的门……

他赶紧走回壁炉前，用从旧报纸上撕下的纸条做捻子点亮油灯。然后他弯腰，将灯放在地板上，这样光线就稳定了。死者的左胸被捅穿了，凶器是一把牛角柄的大折叠刀。他发现死者的手里握着什么白色的东西，是一片被撕碎了的大张圣诞贺卡。

他站起身，店主的身影从暗处走出来。他一看到洛就屏住了呼吸，接着，当他的视线落到地板上的东西时，他张大了嘴，紧盯着尸体，小眼睛因为惊吓而睁得大大的。

“是你杀的吗？”他终于开口了，暗哑地低声问道。

“我？没有！”剧作家断然否决，“我被尖叫声吵醒，下楼来就发现他这样了。”

“说实话！”店主喘着粗气，“你浑身是血！”

“我知道，”洛平静地回答，“我在黑暗中被尸体绊倒了。”

“是你干的，是不是？”对方丝毫不掩饰自己的怀疑。

“听着！”洛果断地说，“我没有杀他，我对他也一无所知。现在，请你上楼叫醒我的朋友们。”

他在原地等待，眯眼盯着尸体。现在他听到了敲门声，然后是说话声，过了没一会儿，沙德戈尔德出现在楼梯上，他的双眼睡意蒙眬，头发也乱糟糟的。

“怎么了，洛？”他问道，然后顺着剧作家的视线看去，“我的天哪！这是什么，意外吗？”

“不，”洛严肃地答道，“是谋杀！”

“谋杀！”特雷弗·洛的秘书阿诺德·怀特重复了一遍这个不祥的字眼，他正从督察的身后看过来。

洛简明扼要地解释了一番。

“我们必须叫醒房子里的每个人，”沙德戈尔德说，“而且我们应该通知当地警察。”他转向沉着脸靠在门柱上的店主，“你这里有电话吗？”

康福德摇头。

“你说你听到有人，不管是谁，在你下楼的时候离开了房间？”沙德戈尔德用力揉着他修剪成牙刷形的胡须说。

“我听到有人走动，”洛纠正道，“还有证据表明油灯也是刚被吹灭不久。”

“你对此一无所知，是吧？”沙德戈尔德盯住店主。

“我应该知道什么？”康福德反问，“我没有理由去杀这个老兄，今晚之前我都没见过他！”

“你来这里干什么？”洛问他，并且注意到店主在回答前那一闪而过的犹豫。

“我睡不着，”他回答，还伸出舌头舔了舔发干的嘴唇，“那该死的百叶窗太吵了，我下来看能不能把它修好。”

楼上传来抗议声，洛借着沙德戈尔德放在桌上的油灯的亮光，看见一群衣衫不整的家伙在怀特的催促下纷纷下楼。

“我已经叫醒了所有人，”秘书说，“除了那个姑娘。”

“恐怕你不得不去叫醒她，”洛说，“一个都不能少！”

“我办不到，”怀特说，“因为她不在房里！”

“带我去女孩的房间。”洛悄声对秘书说道。

怀特引他一路上楼，穿过长长的走廊，在走廊尽头右手边一扇开着的门前停下。

“就是这间。”他和洛走进狭小的房间。

屋里一片漆黑，洛点亮蜡烛，驱散了黑暗。地上是那个女孩的行李箱，箱子被打开了，东西散落得到处都是。这些都是慌乱的证据，而慌乱的可能就是女孩本人。在乱糟糟的被单里，有个深色的物件吸引了他的注意——一个深色的，毛茸茸的东西。他拉开脏兮兮的被单，发现原来是女孩那件带毛领的破旧大衣。

从床边走开时他的脚又被绊了一下，弯腰查看发现是女孩的手提包半倒在床脚，和行李箱一样，包被打开了，东西散落一地。

他捡起散落的东西放到床上。一支快用完的唇膏，一个扁平金属盒装的粉饼，一根指甲锉，一个小钱包，里面有一先令、几个铜板和一张一英镑的纸币，一块手帕和一封信，更准确地说是一个信封，收件人是艾里斯·莱克，科拉姆街125B，邮编WC2。

他注意到褪了色的窗帘并不平顺，有人在关窗的时候将它卡在了玻璃和横木之间。只有极度慌乱，或是极度惊恐的人才会忽略这一点。

他走到窗边，将窗户往上推到顶。窗外大约半米开外就是一间靠着主楼扩建的小平房。在白雪的映照下，几根烟囱清晰可见，但最吸引他注意的还是屋顶积雪上清晰可见的一串脚印。

没用多久他就想明白发生了什么。有人潜进了女孩的房间，有可能还把女孩打晕了。接着可能有什么惊动到了这个潜入者，他扛起没有知觉的女孩从屋顶逃出去，藏在烟囱后头直到恢复安宁。他关上窗户。

他们再次下楼，发现咖啡室空无一人。显然是沙德戈尔德把大家都集中到了酒吧里。

“我们去外面看一下。”洛说。他打开前门，瞬间被旋进来的风雪吹眯了眼睛。

他拧亮怀特递来的手电筒，扫了一圈门前似乎一望无际的白色雪地。积雪干干净净，没有任何标记和脚印。

他们在呼啸的寒风中艰难前行，鹅毛大雪吹得他们的脸颊刺痛不已。他们绕着老楼走完一圈，回到一开始的门廊下。旅店周围各个方位的积雪都是平整的，没有行迹。

“这就解决了。”洛边说边打开门，二人愉快地走进相对温暖的大厅，“没人从外面进来，也没人离开。”

“这就说明那个女孩还在屋内某处。”阿诺德·怀特边说边使劲搓着他被冻木了的双手。

“还有杀害威廉·梅克皮斯的凶手！”特雷弗·洛严肃地补充道。

就在他们进屋的时候，沙德戈尔德出现在了通向酒吧的半玻璃门前。

“嘿！”他哼了一声，“你们去哪儿了？”

洛解释了一通，用手帕抹去脸和脖子上融化的雪。

“唔！”督察说道，“这么说凶手就在我们中间。”

“你有什么发现吗？”剧作家问。

沙德戈尔德闷闷不乐地摇头。

“他们都信誓旦旦地说，在被怀特叫醒之前睡得很沉，什么都没听到。他们都否认认识梅克皮斯，以前也没见过他，是在火车上才认识的。”他烦躁地揉了揉自己皮肤粗糙的后颈，“当然，有人在说谎，”他嘟哝道，“但难点在于找出是谁。除了康福德，谁都没有不在场证明。”

“他的不在场证明是什么？”洛问。

“他的妻子，”督察回答，“如果她的不在场证明算数的话。她证明了他是下来察看噼啪作响的百叶窗的说法，而且在此之前他没离开过。他们卧室里有个闹钟，她记下了时间，康福德起身时是两点半。”

“肯定有人当时不在床上。”洛说，“但在作进一步行动之前，我想我们应该先找到莱克小姐。”

“莱克小姐是谁？”沙德戈尔德问，然后又说，“哦，你是说那个姑娘？”

“我感觉她一定还在屋子里。”剧作家说，并向督察简单介绍了他的发现。

“听起来实在不妙，”沙德戈尔德赞成，“我想你是对的，我们应该查明她的情况。”

一直搜到第四间房他们才有所收获。洛拉着这间房里的壁橱把手却打不开橱门。

“怎么了？”沙德戈尔德含含糊糊地问。

“我打不开这个壁橱，”剧作家说，“锁住了。你看能不能找到什么东西来打开它。”

“这能行。”沙德戈尔德说着递过一根短小生锈的铁制拨火棍。

特雷弗·洛接过来，将它的尖头卡在橱门与门框之间的缝隙里，然后使出全身的力气往里压。先是一阵木头碎裂的咔嚓声，接着仿佛一声枪响，锁开了。这时橱门自动开了，原本靠在橱门上的什么重物倒了出来，在他们脚边发出一声轻响。

是艾里斯·莱克！

她的脚腕和手腕都被绳索绑住，嘴里也塞了一团粗布。她只穿着一件薄睡衣，手脸都冻得发青。她的前额有一块严重的淤青，有那么一瞬间，洛以为她已经断气了。他抱起女孩，将她放到床上，解开了紧紧捆住她嘴的手帕。

她发出一声细微的呻吟，身体也在不安地挣扎，但眼睛始终紧闭。

洛用随身携带的折叠刀割断了捆住她手腕和脚腕的绳子。她的手凉得像冰块一样，他使劲揉搓，以恢复血液循环。

“你去找点白兰地来。”他焦急地说。

这会儿沙德戈尔德拿着一个瓶子和玻璃杯回来了，身后还跟着不安又愤愤的威林斯先生。

“呃，这都是怎么回事？”小个子东伦敦人抱怨道，“你们让我来这儿干什么？”接着，当他看到床上的人时，“啊呀！她怎么在这儿？”

“我们还在等你告诉我们呢。”剧作家厉声说道。

“我？”威林斯的声音因为激动显得比平时更尖了，“为什么要问我？我怎么知道？”

“这是你的房间，不是吗？”洛边问边往玻璃杯里倒了点白兰地。

“是，这是我的房间没错，”对方回答，“但这有关系吗？”

“过会儿告诉你。”

洛费了九牛二虎之力才顺利让女孩喝下大约一匙白兰地。做完这些，他放下玻璃杯，将注意力放到闷闷不乐的威林斯先生身上。

“现在，”他说，“你是说你不知道这位女士为什么在你房间里吗？要么你之前撒谎了，你离开过房间，要么你得为她现在的样子负责。”

“你怎么知道的？”

房内一片沉寂，威林斯先生舔了舔发干的嘴唇。

“是这样的，”他说，“我还是直说了吧。确实，我并不是一直都在房间里。你看，是这样的。我上床睡觉，但风声很大，而且各种乒乒乓乓的声音把我吵醒了。醒了躺在这儿我开始感到口渴，心想要是能喝上一点儿啤酒该多好，所以我就起床穿上外套，去了楼下的酒吧。我本来还担心会不会锁门了，但门是开着的，我就进去自己打了半升啤酒。事实就是这样，这也没犯法！”

“你是什么时候下去喝啤酒的？”洛说。

“这我有点说不好，”对方回答，“但没过多久，你朋友就来把大家都叫醒了。”

“你下楼喝啤酒的时候，”洛说，“有看到或听到什么吗？”

小个子男人在回答前犹豫了一下。

“这个嘛，既有也没有。”他最终这样说道，“我的意思是，我当时以为旁边有人，但也有可能搞错了。是奇怪的风声。”

“你听到了动静。”特雷弗·洛飞快地接道。又一次，在他得到回答之前，对方犹豫了。

“是的。”威林斯先生拖拖拉拉地说，“但并没有听到什么，我主要是感觉到了。我可以发誓，我在下面打啤酒的时候有人在看着。”

“那你看到什么人了吗？”洛顿了一下，问道。

小个子男人摇头。

“没有，我没看到人，也没怎么听到什么动静。这只是我的感觉罢了。”

“唔，”洛说，“你应该之前就把这事告诉我们的。在你喝完啤酒回房间之后有没有再听见什么？”

“不，没有。”他答道，“我太冷了，就把床单拉过头顶，想赶紧暖和起来。”

洛还没想好下一个问题，女孩一声带着颤音的长叹转移了他的注意力。他俯身，看见她睁开了双眼。她眼神空洞地仰望着他，仿佛全然不认识他一样，当他弯腰再靠近一点之后，发现她嘴唇翕动。起初并没有语词被说出来，接着，微弱地——微弱得几不可闻——她说话了。

“圣诞卡，”她悄声说，“别落到他们手里。别……”

微弱的声音逐渐消失。她合上眼睛，伴随着又一声长长的叹息，再度失去了意识。

这会儿小客厅外传来急促的脚步声，下一秒门被推开了。沙德戈尔德急匆匆地走进门来，他微微喘着气，发红的脸因为兴奋显得更红了。

“我有发现，洛，”他迫不及待地说，“我知道梅克皮斯的身份了。”

洛感兴趣地抬起头来。他一直坐在火堆前若有所思。

“他是什么人？”他问。

“你听说过克兰斯顿和斯莫尔吗？”督察问。特雷弗·洛点头，这时他看到督察的眼中闪过一道奇异的光。

“你是指那家代理了很多离婚案的私人侦探所吗？”他说。

“就是他们。”沙德戈尔德答道，“威廉·梅克皮斯是他们的雇员。他是个侦探！”

死者的身份确凿无疑，沙德戈尔德在他房间里发现的钱包提供了充分的证据，有信件，还有几张名片。

“他是侦探？”洛若有所思，“唔，这给我们提供了一个新角度。他的公司可以证明他正在参与调查的案子，这会有所帮助。”

“就算他正在参与什么案子，”督察回答，“你也得考虑到，洛先生，现在是圣诞季，他可能只是去某个地方过节而已。”

“让我不解的是，沙德戈尔德，那被撕掉了一半的圣诞贺卡。另一半在哪儿？是不是杀害梅克皮斯的人拿走的？如果是这样，他为什么不整张拿走？显然没有打斗痕迹，所以贺卡是被有意撕成这样的。还有，那个女孩和这事有何关联？”

这时候响起了敲门声，没有等里面的人发出邀请，耷拉着脸的店主就没精打采地进来了，他郁郁寡欢的脸上布满忧虑。他只站在门口，迟疑地看向他们二人。

“怎么了？你想干什么？”沙德戈尔德压低声音问。

康福德又迈进一步，清了清嗓子。他的声音又干又哑。

“我有话想跟你们说。”

“你知道些什么？”督察焦急地问。

店主缓缓点头。

“是的，我知道一点。”他回答，“并不多，但我觉得应该告诉你们。”他似乎有点难以组织语言，他们不耐烦地期待着。“是这样的，”康福德停了一下继续说，“他们中间有人没对你们说实话，我可以证明……”

他能证明什么他们永远无从得知了，就在这一瞬间，屋外传来一声尖锐的巨响，店主的头低垂了下去。他的嘴巴大张，黑色的小眼睛也瞪得老大，丑陋的脸上出现了扭曲的震惊神情，两只手伸向背部。他试图说些什么，但呻吟了一声，最终向前倒下。

洛惊呼一声，在对方倒地时抓住了他，没有让他直接栽倒在地。

就在沙德戈尔德冲向门口时，第二颗子弹擦着他的耳畔掠过，他的脸遭到一记重击，他痛呼一声，向后踉跄了一下。子弹掉落在小房间的地板上时发出了一声尖锐的撞击声。

洛怀里的人一阵抽搐，脑袋无力地向后垂下。洛看了一眼店主的脸，知道他再也无法说出他想要说的话了。他死了！在油灯的光线下散发出幽幽蓝光的凶器，从一两米之外取了他的性命。

就在特雷弗·洛将店主的尸体放平到地板上时，他先是听到一声惊呼，然后是奔跑声，一秒钟之后，阿诺德·怀特出现在开着的门边。

“刚才的声响是枪声吗？”他问，在看到剧作家脚边的尸体后猛地停了下来。

“就是枪声。”洛冷冷地说，向下指着乔·康福德的尸体，“他被从门外射来的子弹击中了。你看到什么人了吗？”

怀特摇头。

“谁都没看见，”他回答，“我正在楼上洗漱，听到枪声后我立刻冲下来，但谁也没看到。”

沙德戈尔德摸着脸上红肿的擦伤，恨恨地哼了一声。

“我这就去咖啡室查清楚。”他气愤地低吼，不等另外两个人的回答就大步穿过走廊走向咖啡室。猛地撞开门，他瞪住里面的人。

面目温和的皮尔比姆先生正蜷着身子坐在火炉前的椅子里。他显然睡着了，沙德戈尔德一开口，他被惊得跳了起来。

“其他人去哪儿了？”来自苏格兰场的督察问道，扫视着空荡荡的房间。

“我，我不知道。”皮尔比姆先生嗫嚅，“我睡着前他们都还在这儿来着。”

魁梧的督察不无怀疑地盯住他。

“睡着了，是吗？”他厉声说，“你确定？”

“当、当然，我确定。”温良的小个子男人结结巴巴地回答，“您，您突然冲进来，把我吓醒了。”

“唔，这样，你就待在这儿。”督察转过身来，耳边传来一阵惊愕的窃窃私语声。其他人涌下楼梯，跟在最后面的是女店主——不修边幅的康福德夫人。

“刚才那一声巨响是什么声音？”阿蒂·威林斯见到沙德戈尔德后问道，“听起来像是有人开枪。”

“确实有人开枪，”督察严肃地说，“你们几个都去哪儿了？”

大伙儿异口同声地说道，看起来今晚是别想再睡了，但他们身上单薄，尽管咖啡室里生着火，可还是开始感到寒冷，于是决定各自回房添衣。

“你们一起去咖啡室，”沙德戈尔德不耐烦地说，“待在那里，明白吗？没有我的允许，谁都不许离开那房间。”

此时传来女店主的声音，洛走出房间来到走廊，看她需要什么。他发现她站在楼梯上。

“你让我在那个姑娘醒了之后告诉你，”女人说道，“她刚才醒了。”

“很好！”剧作家说，“我立刻上去。”

女人领着他来到房间，站在房门口让他进去。

姑娘灰色的大眼睛睁着，在她毫无血色的脸上显得越发大且深邃。特雷弗·洛走过去在床边坐下。

“感觉好些了吗，莱克小姐？”他和善地问。

她缓缓点头。

“是的，谢谢您。”她答道，“发生——发生了什么事？”

洛将他们找到她的经过告诉了她。她轻轻打了个寒战。

“我什么都不记得了，”她说，“我上床之后几乎立刻就睡着了。没过一会儿我隐隐约约感到有人站在我旁边，然后头上狠狠地挨了一下。之后我就什么都不记得了，直到醒来发现自己躺在这儿。”

“莱克小姐，您知道自己受袭击的原因吗？”

她犹豫片刻，大大的眼睛看着他的脸，然后再次点了点头。

“是的，我大概知道。”她轻声说，“我确定，我知道。”

特雷弗·洛的身子向前倾了倾。

“您愿意告诉我吗，莱克小姐？”他说，“我向您保证，绝不是为了打探您的私事才有此问，而是在您受到袭击之外，昨晚这里还发生了一起情节严重的凶案，另外一个人被杀了。”

“凶案？”她的眼睛因为恐惧变得更空洞了。

“是的，凶杀。”他严肃地回答。

她倒吸一口凉气。

“谁——谁被杀了？”她问道。

“那个身材高大、长相讨喜的男人。”洛边说边仔细观察对方的神情，“威廉·梅克皮斯。”

这个名字对她而言显然没有什么特殊意义，因为她的神情并没有变。

“真——真可怕！”她轻声感叹，接着说，“您是谁？”

“我叫特雷弗·洛。”剧作家答道。

她眼中的恐惧退散，苍白的脸上出现了安慰的神情。

“我听说过您。”她说。

“谁让你如此恐惧？”他问。她摇摇头。

“我不知道，”她答道，“这才是最可怕的地方。”

“我想你最好将事情原原本本地告诉我。”他趁她停下时说。

“我会的，”她回答，“但这不是个好听的故事，我的意思是，面对陌生人有点难以启齿，我不知道该从何说起。”

“告诉我你为什么会受到袭击。”洛说，“你知道原因吗？”

“知道。”她很快就接过话头，“我因为拥有某样东西而受到袭击！”她颇为伤感地笑了笑，急忙继续说道，“我没有什么钱。我太穷了，我都不知道自己去年是怎么活下来的，但我有件东西，大概值50万英镑！”

洛惊讶地看着她。

“你有件东西值50万英镑？”他难以置信地重复道，“这会儿带在你身边？”

她点头，自己说的话能让他这样惊讶，她的眼里闪过一丝兴味。

“没错，就在这儿。”她说，“至少东西的一半现在在我手上。这件东西本身一文不值。你看，事情是这样的，洛先生。我得从头说起了，我会尽可能简洁地说完。”她的声音现在有些气力了，白净的面颊也恢复了一丝血色。“我最好一开始就告诉您，”她继续道，“我不姓莱克。从小到大我都叫莱克，但我真正的姓氏是兰宁。”

特雷弗·洛说话了。

“你不会是乔舒亚·兰宁爵士的亲戚吧？”他问道。

“正是，”她说，“我是他女儿！”

洛皱起了眉。钢铁业百万富翁——乔舒亚·兰宁爵士的女儿！

“请继续，兰宁小姐。”他说，“我很感兴趣！”

她继续说道：“正如我所说，这里面挺复杂。尽管我是乔舒亚·兰宁爵士的女儿，但我从来没有见过他。我母亲在我两岁的时候与他离婚并得到了我的监护权。她与我父亲势同水火，就把我带走了，并用回了娘家的姓氏莱克。我相信我父亲曾苦苦挽留过，但见她坚持，就给了她一个信封，并说任何时候，如果她想回头与他复婚，她只需要寄回信封里的信物，他就会去找她，不论她身在何处。

“七年前，我母亲在她临终时告诉了我一切，但她还让我发誓，除非他先来找我，否则不许靠近他半步。我没有钱，我得自食其力，我也多少算是做到了——勉强算做到了吧。然后一周前，我在一份报纸上看到一则广告。是由一家律师事务所刊登的，只简要地说如果艾里斯·莱克小姐，或兰宁小姐与广告方取得联系，她将会听到一些对她有利的消息。

“我猜这与我父亲有关，于是我就去了。事务所的主管汤普森先生立刻告诉我，有一百多个应征者，但他很快就确定他们里面没有一个是他要找的人。如果真的是我的话，我应该有一样证物，而且只有那一件东西，能让他满意。

“我当然知道他指的是什么，我父亲给我母亲的信封。我对律师说我知道他指的是什么，但没具体告诉他证物究竟是什么。他告诉我，我父亲快不行了，他急切地希望找到失散的女儿。他已经为她立好了遗嘱。

“他问我愿不愿意带上我提到的证物去一趟特里戈尼，我父亲住在那儿。他给我父亲写信说我将在23日到达，我正在往那里去的途中，直到雪崩挡住了去路，我们不得不在此过夜。”

“那你带着的证物？”洛问，尽管他已经知道了答案。

“是半张圣诞贺卡。”她答，“我母亲在婚前寄给我父亲的。他一分为二，把那一半放进了给她的信封里。”

“我知道了。”洛温和地说，“你那一半在哪儿？”

“去我房间把我的鞋拿来。”她如是说。

他拿鞋回来，她挣扎着坐起来，拿起左脚那只，拉出鞋垫。在鞋垫和鞋底之间，夹着一只信封。打开信封，她取出半张被撕毁的陈旧褪色的圣诞贺卡。

“就是这个。”她说。

洛看了看。

“如果这是你的那一半，”他缓缓地说，“另外半张在你父亲那里，那这第三个‘半张’是哪儿来的？”

她疑惑地看着他。

“第三个半张？这是什么意思？”她问。

“我是说，”特雷弗·洛接着说，“我在死者威廉·梅克皮斯的手里发现了另外半张圣诞贺卡。”

特雷弗·洛将艾里斯·兰宁的话向沙德戈尔德复述了一遍，督察思索了一个小时后说，“这确实是怪事一桩，而且这桩案子也很蹊跷，我想不明白梅克皮斯在这里面扮演什么角色。”

“我猜是律师瞒着女孩请他来监视她的。”洛说。

“你是说他们料到会发生意外？”督察说。

“这并不奇怪，不是吗？”洛问，“她带着的贺卡碎片值50万英镑，这个诱饵足够吸引任何一个骗子上钩。”

“尽管这样，没有那个女孩还是不行啊。”沙德戈尔德争辩。

“我的老朋友，”洛反驳道，“动动脑筋吧！乔舒亚·兰宁爵士最后一次见自己的女儿是她两岁的时候，从此以后就再也没见过。只要有证物，随便哪个姑娘都能冒充她。”

“嗯，也是，我想你是对的。”督察低声说，“但律师们见过她呀。”

“律师们只是见过一个声称自己是他们要找的人的姑娘，”剧作家回答，“他们没有证据证明她真的就是，虽然她说她持有所必需的证物。直到她向乔舒亚·兰宁爵士展示她那半张圣诞贺卡前，没人敢说她到底是不是本人。”

“所以你认为，”沙德戈尔德说，“有人想得到女孩的那半张贺卡，然后找人来替代她？”

“正是如此。”洛点头说道，“威廉·梅克皮斯必死无疑，因为他认得真正的艾里斯·兰宁，可如果我们明天早上发现他们俩不见了，每个人都会以为他们是自发离开的。毫无疑问，凶手会整理好他们的房间，让它们看上去像那么回事。”

“这也就说明他知道梅克皮斯的身份以及他在这里的

目的。”沙德戈尔德说。

“我就是这个意思。”洛回答。

“那你怎么解释在梅克皮斯手里发现的那半张圣诞贺卡呢？”督察问。

特雷弗·洛皱眉摇头。

“我解释不了。”他坦率地回答，“但一定存在某种解释。让我再看一下。”

沙德戈尔德将手伸进口袋掏出钱包，他抽出被撕了一半的圣诞贺卡，将它递给剧作家。

特雷弗·洛将其拿到油灯下仔细查看。很明显，这是一张新贺卡，撕痕的边缘整齐又干净。翻过来之后他发现了之前没留意到的细节。贺卡的一个角那里有几处压痕。仔细看，他发现那是字母D以及数字2和1。在它们的上方和下方，是极不显眼的两个半圆形记号。

洛突然想起了一件事，他取出自己在女孩房间里看到的那个信封，他一直将它放在自己口袋里。他对比了信封上的邮戳与贺卡上的记号。它恰好就是12月21日投递的。邮戳盖得很重，所以也压到了信封里的贺卡上。他将自己的发现告诉沙德戈尔德。

“这下就清楚了，”他说，“我在梅克皮斯手里发现的这半张贺卡一开始是装在这个信封里的。我猜可能是那个女孩撕的。”他有条不紊地继续说，“留下一半放在信封里做幌子，让别人以为这就是那张重要的贺卡——而真正的那半张藏在她自己的鞋子里。”

“听起来不无可能。”沙德戈尔德说，“为什么不问问她呢？”

“我会的，”洛说，“再将梅克皮斯的这半张与真货做个比较。”

没过一会儿他就回来了。

“这下明白了，”他说，“她将自己收到的一张圣诞贺卡一撕为二，把其中一半放进信封，这样发现它的人就会以为这是那张真正的贺卡。你知道由此可以得出什么结论吗？是梅克皮斯搜了那个女孩的房间。也就是说，是他把女孩击晕绑起来塞进橱柜的。但他不可能拿把刀扎进自己的心脏，我认为要为接下来的事负责的另有其人。”

“问题是，谁？”督察咆哮。他拿起一只玻璃杯进到吧台后面，按下生啤机的把手，并将杯子举到龙头下面。什么都没有。他不满地哼了一声，去试另一个。三个龙头全试遍了，结果全一样。“在当地警察来之前，我想我们可能没什么可做的了？”

“是的，我想是这样。”剧作家有点茫然地说。过了一会儿问，“康福德太太怎么样了？”

沙德戈尔德相当震惊地看着他。

“我让她回房休息了，”他答道，“她有点撑不住了。”

“我去和她说句话，”洛喃喃道，“你在这儿等着，我不会很久。”

他离开酒吧上楼，在女孩躺着的房间门口看到了自己的秘书，是他让他守在那里的。

“有人来过吗？”他问。怀特摇头。

“没有。”他回答。

特雷弗·洛点点头，然后走了过去。康福德太太的房间在一楼的上面，在门口他敲了敲门。起初里面没有回应，敲了第二遍之后，响起一个年迈女人的声音，问是谁在敲门。

“是特雷弗·洛，”剧作家回答道，“方便和您说句话吗？”

他听到床吱呀一响，里面的人赤脚走过来，接着门开了一条缝。

“你想知道什么？”女人木愣愣地问道。

“我想问您一个问题。”他答道。

听清他的问题后，她非常疑惑地看着他。

“最近一年都没有。”她回答道。

“您确定？”他问。她点头。

洛回来的时候，沙德戈尔德正盯着窗外黎明前的冷灰天色出神。

“怎么样？”他问。

“非常顺利。”洛愉快地回答，他的声音透着股满意的调子，“我想我们离事件大结局不远了。”

来自苏格兰场的人难以置信地盯住他。

“要是你能把威林斯喊过来的话，我就演示给你看。”

沙德戈尔德迟疑了一下，然后耸了耸肩。

“行吧，你应该知道自己在做什么。”他说着走出了房门。

他去了好一阵，回来的时候身边还跟着睡眼惺忪的阿蒂·威林斯，懒洋洋地走进门时还打了一个大大的哈欠。

“我需要你帮个忙，威林斯先生。”剧作家和蔼地说。

小个子的东伦敦人戒备地看着他。

“你之前说，”洛解释道，“你夜里下来的时候感觉被人暗中盯着。”

“是的。”威林斯说着，点了点头。

“你是在哪儿产生的这感觉？”洛继续提问，“下楼梯的时候？在这儿的时候？还是你回房间的路上？”

“在这里的时候。”对方略作犹豫后回答。

“但你既没听见也没看到有人？”洛说。威林斯先生摇了摇头。

“是的，我之前告诉过你了。”他答道，“这只是我的感觉。”

“咖啡室的门关着吗？”

“是的。”威林斯先生略作思索，然后答道。

“我知道了，”剧作家低声说着，“现在，能请你具体演示一下你下来之后都做了什么吗？”

“我进来到这儿，”小个子伦敦人说，“走到吧台后面，打了一杯啤酒。”

“给我们演示一遍。”洛再次要求。威林斯先生遵言照做。

他绕到狭长的柜台后面，拿起一只玻璃杯，将手伸向三个啤酒龙头里的中间那个。

“等一下。”洛打断他的行动，“你给自己倒的是生啤？不是开的瓶装酒或是从桶里倒的？”

“不是，”阿蒂·威林斯说，“我更喜欢生啤，生啤更好喝！”

“然后你就回房间睡觉了？”剧作家说。

“是的。”威林斯先生答道。

“嗯……”洛开始说道，“在此期间，凶手把莱克小姐藏进了你房间的壁橱里。咱们来设想一下他是怎么做到的。他以为整座屋子里的人都沉入梦乡，于是溜出自己的房间，来到女孩房里。他知道她带着一样价值不菲的东西。他用类似沙袋之类的东西将她击晕。他受到干扰，以为被发现了，于是扛着失去知觉的女孩躲到了屋顶。过了一会儿他又带着女孩爬窗回来，把那个手脚被捆住、嘴里也塞了布条的女孩拖到你的房间锁进橱柜。

“然后他回去翻查她的行李找他想要的东西，而且也在她的手提袋里找到了——或者说，他以为自己找到了。他不敢在她房里停留太久并仔细查验，因为门锁不上，而且还有可能会被旅店里的其他某位客人惊扰。所以他将东西带到楼下的咖啡室，点亮油灯，然后发现自己被耍了，他大失所望。他冒了这么大风险才搞到手的东西居然是赝品。

“他刚决定回女孩的房间重新再找一遍的时候，威廉·梅克皮斯出现在了门口，要求他交出刚才找到的并且现在还在他手上的东西。

“梅克皮斯告诉他自己是侦探，受雇照看那个女孩，不让她受到任何伤害。那个人，我们暂且称他为X吧，眼看自己整个计划被不速之客打乱了。不出意外，梅克皮斯威胁了他，针对X费尽心机才弄到手的珍贵物件，很可能还发生了一番抢夺。为了阻止梅克皮斯继续持有那件东西，也防止他之后乱说话，最安全的方法就是把他杀了。X这么做了，所以成了一名杀人犯。

“他把不值钱的赝品塞进梅克皮斯的手里，造成是梅克皮斯洗劫了女孩行李的假象。”

“他很聪明，”洛继续说道，“但和许多恶人一样，他还不够聪明。他犯了一个错误。如果你能帮忙将他从女孩房间拿走的东西拿来给我，我就告诉你那个错误是什么，威林斯。”

洛将头朝吧台角落的方向随意地点了一点，那里摆着几样物件，其中就有从梅克皮斯手里拿出来的贺卡碎片。威林斯先生走过去，拿起它，递给了侦探。

“谢谢，”洛说着，眼里闪过一道精光，“我刚才说凶手犯了一个错误，事实上，他犯了两个。他刚才犯下了第二个错误，正中我下怀。我从未说过他从莱克小姐房里拿走的是什么东西。除了沙德戈尔德督察、我的秘书和我，没人知道在死者手里发现的是半张圣诞贺卡。你是怎么知道的，威林斯？”

小个子伦敦人的脸一下子失了血色，只剩下晦暗的惨白。

“我不知道，”他说，“我……”

“你知道！”洛严厉地打断他的话，“因为一开始就是你将这张贺卡从莱克小姐的手提包里拿出来的。是你将她绑起来锁进壁橱的。是你下楼来杀了威廉·梅克皮斯。还是你，在女孩被找到之后，撒谎说你感到口渴，下楼来酒吧倒啤酒。”

“胡说八道！”他咆哮，“你想要陷害我！我确实是下楼来喝酒的！我跟你说的都是实话！”他一激动，之前的东伦敦口音荡然无存，洛立即指出了这一点。

“你把你的口音忘了，威林斯先生。”他从容地说，“就像你忘了去核实自己说的啤酒的故事。”

“你什么意思？”对方低声说道。

“我是说，”洛不留情面地点破了他，“生啤机已经一年多没开过了！这就是你射杀康福德时他想要告诉我们的事。你从生啤机里一滴酒都打不出来。再者，我刚才也说了，你又中了我一计。只有搜过莱克小姐房间的人才知道我说的是什么东西，而你，我什么都没说，就能从六七样东西里准确无误地挑出它，这里面任何一样东西都有可能是我要的啊。”

发现自己落入圈套的人龇牙咧嘴，发出一声咆哮。他出其不意地举起吧台前的一张木凳，朝特雷弗·洛的头砸去。

“你以为这样就拿住我了？”他高声大叫，“但你错了，早着呢！”

洛躲开凳子，凳子直奔窗户而去，砸碎了窗玻璃和木窗框。这时候沙德戈尔德行动了。就在威林斯冲向大门之际，督察拦住他的去路，一手抓住了他的胳膊。

“不，你错了！”他低吼，那支射杀了店主的左轮手枪出现在他另一只手上，“你给我保持安静。洛，你看一下能不能找到绳子，我们把他捆住等警察来。”

巡逻的警察在经过旅店时被拦下来，获知了案情经过与说明。不一会儿，来了两个睡眼蒙眬的督察和警员。他们是开车来的，离开时带走了那个自称叫阿蒂·威林斯的男人。

那天上午的晚些时候，雪停了，微弱的阳光毫无热力地照射在一片白茫茫的积雪上，洛让警方从布盖尔村派来的一辆车抵达旅店，载上剧作家、沙德戈尔德、阿诺德·怀特和那个姑娘前往特里戈尼，他们在那里放她下车，让她去见从未谋面的父亲。

圣诞节当天的早晨，关于发生在那间阴暗旅店里的罪行，特雷弗·洛收到了最后一点回音。其时沙德戈尔德刚与警方谈完从布盖尔回来。经确认，阿蒂·威林斯的真实身份是蒙塔古·巴克斯顿，乔舒亚·兰宁爵士的一个堂兄弟。当他发现游戏已经结束了的时候，对自己的罪行供认不讳。与洛的推论几乎分毫不差。

老人告诉巴克斯顿，自己正在苦苦寻找失散的女儿，于是一个找人冒充的想法在巴克斯顿的头脑里便逐渐成形了。他的生活作风狂放，认识一个女人，只要钱给到位，没有什么事是不能做的。他将自己的计划吐露给她，她同意在乔舒亚爵士面前假扮他失散的骨肉。巴克斯顿因为常伴老人左右，所以知道无论来人是谁，他都准备接受对方，只要她能提供与自己那一半对得上的半张圣诞贺卡。

为了监视女孩，他将自己伪装成不起眼的东伦敦人，在帕丁顿搭乘西部快线到博德明。在大雪阻断了列车的前行后，他试图在停车期间绑架女孩，但被特雷弗·洛和阿诺德·怀特的现身吓了一跳。当所有人得在“锁链人”过夜时，他不得不再生一计。

“对他不利的证据相当充分，”来自苏格兰场的督察总结道，“我认为陪审团应该会判他终身监禁。”

“这个嘛，他罪有应得。”特雷弗·洛说，“如果一个人犯下了此等罪行的话。”

动机

罗纳德·诺克斯

罗纳德·诺克斯（1888~1957）来自一个人才辈出的家庭，他本人也是个中翘楚。他的长兄，笔名“伊沃”（Evoe），曾在《笨拙》杂志任编辑；另一位兄长“迪利”（Dilly），则是富有传奇色彩的密码破译专家，战时功绩卓著，如今在布莱切利园[①]有相关的纪念信息。他的姐姐婚后凭借威妮弗雷德·佩克（Winifred Peck）之名走红，出版过一系列广受欢迎的小说，其中几篇侦探小说近日得以重版。诺克斯先后在伊顿公学和牛津大学贝利奥尔学院接受教育，是一位古典学学者，同时还是牛津大学导师，日后的首相哈罗德·麦克米伦曾受教于他。在离开英国圣公会后，他

① 译者注：“二战”期间英国主要的情报破译中心，现已改为公共博物馆。

成为著名的天主教牧师，并在BBC电台担任广播员。

诺克斯对歇洛克·福尔摩斯系列故事的热情使他成为歇洛克学的评论先驱。对侦探小说的喜爱促使他开始尝试自己创作，他的推理小说处女作《高桥疑案》完成于1925年。在这个独立的故事之后，他又保持着相当的速度完成了另外五部侦探小说，每部均以和蔼可亲的保险调查员迈尔斯·布雷登（Miles Bredon）为主角，与此同时，他自己也成为黄金时代一位举足轻重的侦探小说家。他的小说主要致力于解谜，而非具有深度的人物刻画。诺克斯提出了著名的“推理十诫”，这带有玩笑意味的“规定”却被有些人过于小题大做。诺克斯本人是侦探俱乐部的创始人之一，这些“戒律”的内容主要用于侦探俱乐部新会员的入会仪式上。这项仪式延续至今，只是形式已经大为改变。然而从一开始，俱乐部的成员们就以无视这些所谓的“戒律”为乐。诺克斯只写过屈指可数的几个短篇侦探故事，但其质量之高，使得这成为憾事一桩。这篇在文末设置了大胆（如果不算无耻的话）反转的精巧故事首发于1937年11月17日出版的《伦敦新闻画报》。其中一个叫韦斯特马科特的人物是诺克斯从他侦探俱乐部的同人阿加莎·克里斯蒂的笔名借鉴而来的①，这是当时俱乐部成员之

① 译者注：阿加莎·克里斯蒂曾以玛丽·韦斯特马科特之名出版过六部小说。

间的一种风尚，也是某种圈内人心照不宣的小玩笑，他们乐于在自己的小说里以这样的形式彼此致敬。

“往陪审团的眼睛里揉点沙子对他们有好处，这能防止他们打瞌睡。”

逍遥法外的坏蛋与日俱增，对于这事，伦纳德·汉特科姆爵士很可能比英格兰其他任何人都更有责任。他谈到了自己当事人的感受，谈到了刑事诉讼过程中的漫长折磨，谈到了目击证人的不可靠性，谈到了人人享有的英式自由，这种自由以每个人都被赋予疑罪从无的权利为前提，除非他的手在钱箱里被抓了个现行。对记者而言，所有这些都不过是合法的无聊与失礼的娱乐，他们的耳朵里早已听出了茧子。但这些在陪审团那里仍然吃得开，尤其是那些刚上任不久的新人；而且毕竟，他们也更重要。他这样的人并不会经常陷入那个老生常谈的悖论，即，在辩护律师私下得知当事人有罪之后，他是否有理由继续坚持辩护。而且，你甚至可能希望他在西门术士的高级休息室里能够免受这种烦扰——更准确地说，是在西门术士的吸烟室里。大学教员们厌恶争辩，更偏好在晚餐过后清谈。时至今日，与一个人讨论他的本职工作甚至可以算是一种失礼。在各行各业都日趋专业化的今天，我们都对彼此的技术性问题感到厌烦，于是一项心照不宣的规范便逐渐树立起来，那就是我们应该只谈论天气和划船比赛。这样说来，如果伦纳德爵士的眼睛瞪得比往常还大，那就完全说得通了。

那是因为，非常不幸，彭克里奇作为其他人邀请来的客人，跟他们坐在一桌。彭克里奇是个剧评家，在他看来，整个世界都是舞台，因而所有事物都是剧评对象。无须动用波尔图葡萄酒（尽管它确实挺烈），就能使彭克里奇这样的人变得粗野好辩。他故意挑起争论，头脑里一篇文章已经初具雏形，下意识就开始反驳伦纳德爵士。不用我说，他秉持的是最正统的清教徒立场。

哲学家麦克布赖德是今晚的东道主，大人物是他邀请来的客人。他觉得自己有必要出言干涉，一部分是出于待客之道，另一部分则是因为他总喜欢保持最不偏不倚的公道。（坊间有言，没人比麦克布赖德更见多识广，也没人比他更不人云亦云）“我刚才在想，”他说，“如果你认为法律应被视为一门科学，那你应该为自己对伦纳德爵士的看法道歉。你瞧，这是众所周知的——我觉得即便是在座的考恩也会同意我的观点——某些最伟大的科学进步正需要归功于那些后来被证伪的理论的影响。但它们还是具有启发性，并且将人们引导上了真理之途。所以我的意思是，同理可证，我们的这位朋友提出一种假设，通过排除法推动我们逐渐接近真相，这样的做法是否也有可取之处呢？”

彭克里奇一向憎恶大学教员，显然已经准备出言不逊；但伦纳德爵士先发制人，拒绝了对方释放的好意。“法律界需要的不是科学头脑，”他坚持道，“而是一种艺术天赋。你得富有想象力，设身处地地、用你希望的方式描绘出案情经过；当然，你的当事人还得是清白的。如果我们有机会知道的话，我们很有可能会发现，在许多情况下，真相甚至比我们所有的设想更离奇。但你必须具备想象力——我有没有告诉过你们一个叫韦斯特马科特的当事人的故事？”

几个人都要求他讲一讲，听伦纳德爵士滔滔不绝总比听彭克里奇大放厥词来得强。于是伦纳德爵士吸完手上的烟，开始讲他的故事。

“我第一次见韦斯特马科特，”伦纳德爵士解释说，“是因为一桩未曾开庭审理的案件，尽管它曾经差一点就闹上法庭。只是因为一个细节问题，才喊我作为律师去提提意见。他是个年纪挺大的中年人，脸色很差，看起来好像命不久矣的样子，而且神色颓丧不安，心不在焉。他在证券交易所里干得不错，不久前刚退休，收入可观到简直不晓得要怎么花才好。至少，当得知他要去康沃尔那些穷奢极欲的高档酒店过圣诞的时候，他的朋友们都格外讶异。就是那种让你仿佛置身里维埃拉的地方，24小时取用不竭的中央暖气和人造阳光，室内泳池的水总保持在27摄氏度上下。当然，他有可能是为了疗养才去的康沃尔，但大家都不明白他为什么要去那样一个地方，因为他一向以观点传统和思想保守著称。而辉煌酒店却是摩登人士的地盘，住满了四海为家甚至是放荡不羁的房客。其中有一位著名的文学家，他还活着，你们也都知道他的名字，所以就称他为史密斯好了。

“我这会儿说的是几年前的事，你们懂的。当然啦，放到现在，任何人写什么或是提出怎样的观点都不重要了，那都是艺术。但在我说的那个时候，人们仍然会感到震惊，而且他们被史密斯震惊到了。他倒并没有多猥琐，尽管他写出来的每本书都好像在等着警察去查禁一样。他着实是，请允许我这个老古董重提这种已经被人遗忘的说法：对年轻人产生了不良影响。所有人都承认这一点，尽管很多人也因此很钦慕他。韦斯特马科特此前从未见过他，而且酒店里的人也都相当肯定，他俩不会合得来。奇怪的是，他们都错了。韦斯特马科特看上去似乎从未读过史密斯的任何作品；的确，他基本每天都要读一篇侦探小说，除此以外很少看别的作品。而且——好吧，在辉煌酒店这样一个被上帝遗忘了的地方，点头之交也可以成为莫逆之交，而且进展还很快。

“那年的生意很差，人们没有像往年那样一掷千金。

所以酒店的管理人员为了做好工作，试着鼓动客人们参加集体派对，一起玩一些‘传统的’节庆游戏。自然，他们将重头戏安排在圣诞节当天。饼干和圣诞礼物，人造的野猪头，特意从瑞典进口的圣诞柴，还有一组经歌剧专家培训了一个月的侍者。到了十点半，这群人——除掉那些早早上床的病人和无缘无故坐车出门的傻子，有二三十个吧——在聚会领头人的安排下开始玩捉迷藏。游戏进展得并不顺利，主要是因为他们玩游戏的大厅热得像火葬场一样。大家事后记起，是韦斯特马科特出了一个最不像是他会出的点子，他建议大家应该去泳池里玩捉迷藏。

“他们后来很是找了些乐子。韦斯特马科特自己没有加入游戏，但也一直在池边观望。事实上，只有几位游泳健将下了水，因为泳池最浅的部分也有三米多深，而且只有一根扶手。史密斯和韦斯特马科特发生了争执，韦斯特马科特说他不相信一个人在蒙住眼睛后还能知道自己在往哪个方向游，而史密斯（他擅于游泳）则坚持认为这易如反掌，除非你本来方向感就不好。派对结束时已近午夜，史密斯和韦斯特马科特似乎是落在了众人之后，打算用实际行动和打赌来解决他们之间的分歧。史密斯需要游满十个来回，每次都要触池壁，但不可以碰到左右两边的池壁。在韦斯特马科特为他的新朋友调整额头上的手帕以确保一切皆在视线之外的时候，旁边没有其他人。

“这个嘛，史密斯游完了十个来回，而且据他自己说，表现还不错。在他游泳的过程中也没有碰到两边的扶手，扶手离水面还有点距离。但在他游完之后，自然就察觉到了——*扶手不见了！*他费了好大劲才将手帕从眼前揭下来，发现整个游泳馆一片漆黑。扶手也不在伸手可及的地方，他突然意识到，一定是有情况。肯定是有人趁他不注意，从池中放掉了很多水。他别无他法，只能不停地游下去，直到有人来救他；要么就等水位落下去，直到能在池底站立。

“没过多久，他又想到了其他一些事。首先，他或多或少地有所察觉，当泳池发生变化的时候水是从哪里排走的，而且他知道排水时会有一股相当大的暗流。他发现这会儿没有暗流了，说明排水已经停止，因而也就无从知晓水位的具体情况。同时，他记起泳池位置偏僻，就算他大声叫喊也不大可能会被人听见。不仅如此，他想不明白，泳池怎么会自动排水然后又停止，除非有人控制。

“俗话说恶魔会罩着自己的人，史密斯这种恶人也有走运的时候。恰巧辉煌酒店的夜班人员（主要也是出来避嫌）发现了泳池在排水，便向别人报告了此事。大家展开搜救，没过多久，史密斯就被人用绳子从水里拉了上来，并很快恢复了心绪的稳定。当然，史密斯非常确信自己是一场诡诈谋杀的受害者。我称其为极度诡诈是因为，一旦他溺毙，韦斯特马科特（他推断韦斯特马科特是幕后黑手）轻易就能将水放回池子，这样全世界都会猜测史密斯是自杀的——一位游泳健将怎么会在触手可及的扶手边淹死在泳池里？这本可能会成为一桩悬案，而韦斯特马科特单方面的解释也于事无补。他私下里对律师说，整件事就是在开玩笑，他一直打算稍后去救史密斯的。然而大家告诉他，这世上没有什么东西比陪审团的幽默感更难以捉摸。大家付出了巨大的努力，想将事情压下来。主要是酒店的人员，他们认为如果酒店卷入了丑闻，那生意就没法做了。他们的想法可能并不全然正确，但如我所说，这是几年前的事。史密斯案的难点在于没有证据证明是韦斯特马科特在排水设备上动了手脚（事实上，随便一个人都能完成这项操作）。正是因为这个难点，包括警察在内的调查也不了了之，而史密斯则获得了一笔可观的补偿金。

“好吧，其实很难说，我最希望看到的还是，韦斯特马科特这个表面看起来呆板无趣又墨守成规的家伙，再次出现在我的视野里。尽管事实上，警察又获知了一些有关他的情况，我要是知道的话，对他的看法也会有所改变。警察们的运气不错，韦斯特马科特的一个男仆早年间坐过牢，并且非常愿意为警方提供情报。他向警察们保证，在前往辉煌酒店前的一周左右，他的主人性情大变。有一天早晨他回家的时候，看起来像是被某种隐秘可怕的焦虑给压垮了，但在此之前他的精神状态一向很好。他动不动就责骂仆人，还疑神疑鬼的。他买了把左轮手枪，警察在他的房间里找到了它（我忘了说，他是个单身汉），虽然这可能只是为了自卫，但离奇的是，大约与此同时，他又买了一份足以致命的毒药（具体的名字我这会儿忘了），我不确定他为了买这药有没有伪造医生的证明。

“麻烦平息后不到一周，又出现了一个新人物，见过的人都不喜欢他。这人流里流气，自称鲁宾逊，似乎非常急于见韦斯特马科特一面，因为他连续登门三次不遇，还跟仆人大吵了一架。仆人认为鲁宾逊是乔装而来，肯定不怀好意。不过话说回来，仆人但凡看到一个戴黑框眼镜的人都会认为他是乔装的。仆人说不上他俩第一次会面的具体时间，因为韦斯特马科特住在一楼，经常自己开门请客人进屋。总之，有那么十天半个月的时间，他成了家里的常客，几度被人看到进出家门。

“韦斯特马科特有个习惯，每年都会去阿伯丁附近和朋友们一起过新年。今年他出发得比往年晚一些，更叫他的男仆吃惊的是，他吩咐仆人预订两张从国王十字车站出发的夜班头等卧铺票，一张以韦斯特马科特的名义，还有一张以鲁宾逊的名义。这看起来可不大妙，因为没有任何迹象表明鲁宾逊和韦斯特马科特及其朋友们是一个世界的人。事实上，我觉得要不是为了顾及职业道德，他去报警都是有可能的。这事怎么看都像是鲁宾逊掌握了韦斯特马科特的什么把柄，生怕他逃之夭夭才要跟着他。总之，他没有干预。韦斯特马科特对赶车有点小题大做，距离发车还有整整三刻钟，他就到达了车站。他显然在担心鲁宾逊，问了服务员一两次对方可曾来，还在站台上上下下地张望。就在他坐立难安的时候，来了一份电报，他似乎把心放回了肚子里。他把自己锁在卧铺车厢里，根据目前可查明的情况来看，未曾有进一步的动向。鲁宾逊在发车前两三分钟才现身，急匆匆地冲进了隔壁的卧铺间。两个人有没有发生谈话不得而知，这两间卧铺车厢以常见的方式连通，只要拉开门闩就能进入对方的车厢。

“鲁宾逊似乎不是一路直达阿伯丁，他要在邓迪下车。列车员会在列车抵达前45分钟叫醒他。事实上，他睡得不怎么好，也可能是爱丁堡站的灯光和汽笛声吵醒了他。总而言之，列车刚驶离达尔梅尼站的时候，他出现在了过道里。列车员前来询问过会儿还需不需要叫醒他。他说需要，他计划稍后再睡一会儿，而他睡觉很沉。确实，当列车员去敲门的时候，似乎没能叫醒他，而且房门上锁了。列车员反复道歉，敲了韦斯特马科特的门，并请他允许他试一试两个车厢之间的连通门。经确认，门在韦斯特马科特这边上了锁，但鲁宾逊那侧并没有。列车员走进去，发现车厢空无一人。床铺有躺过的痕迹，有人在上面睡过，这错不了。鲁宾逊的行李还在那儿，手表还挂在床边，一本读过的小说扔在近旁的地板上，他的靴子也还在那儿，还有他的外衣，但不见睡衣的踪影。

“嗯，接下来就是一通忙活，你们不难想象。韦斯特马科特似乎被这一消息弄得晕头转向，他无法提供任何解释，自然就在邓迪下了车，然后自己去了警察局。他们从一开始就很是怀疑，于是联系了苏格兰场，在少见的高效率下，他们获知了史密斯和他在辉煌酒店泳池里的遭遇。尽管发动了地毯式搜查，但沿线仍然没有发现鲁宾逊的任何踪迹。从列车员在过道上看见他到发现他的床空着，这期间列车并无停靠站，甚至都不曾减过速。列车自然也被搜查过，但没有结果。”

“但他们肯定发现了他的尸体。”有人提出。

“没有尸体被发现。但你必须考虑列车线路的位置。在达尔梅尼和桑顿站之间，就在列车员差不多要去叫醒鲁宾逊的时候，列车必须经过福斯桥。因此，鲁宾逊的动向在这一时段内无从考察，而这段时间也恰好可以用来神不知鬼不觉地抛尸。若要沉尸，毫无疑问，就得给他绑上重物。尴尬的是，韦斯特马科特上车的时候携带了一个非常沉的包（有行李员做证），但检查时却完全是空的。

“正如我所言，我认为韦斯特马科特能如此轻易地就从辉煌酒店的事件里脱身，那是他运气好。当我被要求去为他辩护的时候，我一点都不喜欢他这个案子所表现出来的样子。我去见他的时候，他已经全然崩溃，泪流满面。他详尽地叙述并承认了他对鲁宾逊实行的谋杀。鲁宾逊——这是个老生常谈的故事——一直在勒索他。他有韦斯特马科特在康沃尔试图谋杀史密斯的证据。我猜这背后还有韦斯特马科特不愿详谈的隐情，但正是因为担心史密斯案的暴露，所以他不愿意让警察来对付勒索者。鲁宾逊坚持要跟着他北上，担心他会经由利斯或阿伯丁逃往欧洲大陆。他认为自己被这么盯着实在是难受，于是决定除掉威胁自己的人。他将他安排在自己隔壁车厢，一直等到列车过了达尔梅尼站，发现对方睡着了，就用一个铅块把他打晕，让他躺在那里，给他绑上铅块还有别的重物，然后趁列车穿过福斯桥的时候将他从车窗扔了出去。

“通常，当一个被指控犯了谋杀罪的人向你承认自己有罪，你可以在两个显而易见的选项中形成一个足够理想的猜测——要么他说的是实话，要么该送他去疯人院。偶尔还有第三种可能，但对这件案子并不适用：他可能在替别人顶罪。跟你们说，我不知道该怎么做。整件事看起来都不对劲。韦斯特马科特并不是一个强壮的男人，而且如果他的目标对象没有睡着呢？从概率上讲，很少有人能在火车上睡得安稳。

“现在，我该怎么做？我确信这个人没有疯，疯子我见得多了。我从未，也不会，相信他真的有罪。我想问问你们，因为确信这一点，所以我力劝他（事实上我也的确这么做了）做无罪辩护，这算不算是为真相服务？

“当时他不同意。大概就在两天后，我突然有种强烈的冲动，便又去见他。我发现他的态度来了个一百八十度大转弯。他仍然坚称鲁宾逊一直在勒索他，但他声称对后者的失踪一无所知：他认为鲁宾逊要么自杀了，要么就是自导自演了一出非常巧妙的失踪，唯一的目的就是将他——韦斯特马科特，推上被告席。他恳求我将他从绞刑架上救下来。这超出了我的承受范围，我不能为这样的人做辩护，他昨天说自己有罪，今天又说无罪，而且在这两种结论下为自己的行为与动机所作出的解释又都如此蹩脚。最终，在我不断逼问下，他告诉了我第三个故事，与之前的大相径庭，而且，我相信那是真的。具体内容我这会儿先不告诉你们。正如我所说，我当时认为，现在也仍旧认为，那是真的。但从一开始我就很清楚，这个故事并不适合向陪审团陈述。

“另外还有一件说不清道不明的事，那就是我也拿不准我到底是否希望自己的当事人被执行绞刑，其中原因我稍后会做说明。我不知道在座诸位严苛的道德家在那种情况下如何形成自己的良知判断。感谢上帝，我还可以依靠法律，我决定为韦斯特马科特辩护，无论控方利用哪一点来对他提出不利指控，我都要倾尽全力地指出故事中的缺陷。先生们，我成功了。我从未打过比这更艰难的仗。公众普遍对他抱有深厚的成见，这通常会在陪审团的身上反映出来。但无法改变的事实是尸体始终没有被找到，所以鲁宾逊仍然有可能是自己离开的，或是趁列车停靠的间隙以某种方式溜走的。当然还有不留痕迹地从桥上抛尸的操作难度。间接证据有很多，但没有一条直接证据。所以，接下来发生的事你们都知道了。”

一直埋头坐着的麦克布赖德缓缓抬起头：“我可能并不聪明，”他说道，“但我压根不信真的存在鲁宾逊这个人。他就是韦斯特马科特，对吗？”

“无论如何，这个假设说得通。”伦纳德爵士承认，他一边接过一杯苏打威士忌一边提议道，“让我们听听你这样认为的理由，我会指出其中的疑点。”

“这个嘛，根据你讲的故事，没人看见这两人同时出现过。当鲁宾逊被目击到离开房子，应该是韦斯特马科特放他进的屋。在车站，也没有什么能够阻止韦斯特马科特在发车前的最后一刻钟离开他的卧铺车厢，去某个地方伪装成鲁宾逊，再去衣帽寄存处提出新的行李，然后再次登场。在达尔梅尼的时候，他故意让列车员看到他，因为他希望大家都认为鲁宾逊就是在经过福斯桥的时候被扔出车厢的。当所有情况都指向这是谋杀的时候，让尸体消失是没有意义的，除非原本就没有尸体可供消失。”

“说得漂亮，麦克布赖德，我就喜欢听人将一桩案件分析得井井有条。现在请让我指出其中的困难。假设一个人被指控蓄意谋杀了他刻意捏造出来的*第二重人格*——一位‘海德先生’[①]，其目的就是让这具被想象出来的尸体了无踪迹，从而使自己再次陷入谋杀嫌疑。既然这样，他第一次向律师假称自己确实是凶手，然后又反悔，决定做无罪申诉，你能给出明确的解释吗？”

“这人疯了。”彭克里奇提议。

“从某种程度上来说，谁不疯呢？但一定有方法可以解释可怜的韦斯特马科特的疯狂。需要我跟你们讲讲他告诉我的故事吗？”

“我们认输！”彭克里奇表示同意。

“不晓得你们能不能猜得到。如果是这样，那猜谜得从——你们还记得的话——韦斯特马科特回到家像变了个人一样、整个人阴云密布的那天开始。他感到不适已经有一段时间了。他预约了专科医生，然后从专科医生那里听到了最怕听到的坏消息。他不仅时日无多，而且还得忍受几个月逐渐加剧的疼痛，而且在此期间，他的判断力可

① 译者注：典出小说《化身博士》，讲述绅士亨利·哲基尔博士喝了自己配制的药剂分裂出邪恶的海德先生人格的故事，“哲基尔与海德”后成为心理学“双重人格”的代名词。

能也会受影响。这就是故事全部，之后的全由此而来。

“韦斯特马科特痛恨疼痛，可能比我们绝大多数人来得更恨。无论是付诸行动还是承担痛苦，他都缺乏强大的忍耐力。没用多久，他就意识到自己只有一件事可做——自杀。他外出买了把带子弹的左轮手枪，把自己锁在房内，却发现自己甚至扣不动扳机。他又试着通过长途邮寄的方法购买了毒药，试图给自己下药。即使是这次，他也没能成功。他不无自厌自弃地意识到，他做不到自我了结。

“要是你们愿意的话，也可以认为自此之后他的头脑出了点问题。如果说他疯了的话，那就是他采用了疯子的逻辑。如果他做不到自杀，那他就必须借他人之手来替他完成。他的体格不允许他完成某些艰巨的体力冒险，比如打架，或是艰辛的登山等。如今也雇不到职业杀手了。怎样才能借刀杀己呢？他唯一想到的方法就是——*先杀别人*！他非得把自己送上绞刑架不可。

“你们可以发现，他做得非常小心。他故意去住那家伤风败俗的酒店，因为他知道在那里一定会遇上他极度厌恶的人。他发现自己运气不错，史密斯住在那里。在他看来，史密斯正是那种杀之而后快的人选。而且还有天时地利，帮他走到了最后一步。读过那么多侦探小说之后，他的谋杀计划非常巧妙。他给受害人设置了一个圈套，这样自己只需转动龙头就可以取对方性命，然后再开一次就行了。没有鲜血，没有挣扎，也不会有打斗的情况。

“结果更坏的情况发生了。仅仅因为一个巧合，谋杀成了谋杀未遂，劳役对他而言毫无意义。他只得不无愚蠢地将这件事像个笑话一样放到一边。他所获得的担保仅仅是，当他再次涉嫌谋杀时，人们会更容易相信对他的指控。他没有试图开展第二次谋杀，因为那可能会像第一次一样失败。他捏造了鲁宾逊先生的形象，然后急不可耐地将他带进大家的视野，就像在座各位听到的那样，他得到了他想要的。

“后来，自然，他骨子里的懦夫又冒头了，近在眼前的绞刑架远比之后病痛而亡的远景更叫他胆寒。他崩溃了，告诉了我这个正在向你们述说的故事。我救了他一命，但我并不知道这对他而言，究竟算不算得上是好事。我只能依据经验行事，像一个优秀的辩方律师应该做的那样。”

“他后来怎么样了？”麦克布赖德问。

“命运之神显灵了，如果你愿意这么说的话。离开法庭的时候，所经历的一切让他有点晕乎乎的，他沿着一条拥挤的马路在人行道边缘跌跌撞撞地往前走，一辆货车从他身上碾了过去，我想他压根还没来得及反应过来到底发生了什么。是的，我亲眼所见，而且我确定不是他自己从人行道上冲下去的。我也不相信他有那胆量。”

“对于你的故事，我只有一条看法。”彭克里奇用他一贯的尖锐口吻反驳道，“我一直以为律师是不可以将当事人私下告诉他的事转述给其他人听的。”

“所以我才说从事法律工作最宝贵的天赋是想象力。你看，这个故事是我一边讲一边现编的。”

盲人的面罩

卡特·迪克森

卡特·迪克森是约翰·迪克森·卡尔（John Dickson Carr，1906~1977）的笔名，他通常被认为是最具天赋的密室悬疑小说作者。他出生于美国宾夕法尼亚州，在与一位英国女士结婚后搬到英国，并开始创作巴洛克式的侦探小说。法国地方预审法官亨利·班考林（Henri Bencolin）是他笔下的第一位大侦探，然后是吉迪恩·费尔博士（Dr. Gideon Fell）——一个桀骜难驯的人物形象，以卡尔钦慕的G.K.切斯特顿（G.K. Chesterton）为原型。当卡尔被选为侦探俱乐部的成员时，切斯特顿时任俱乐部的第一任主席，他为终于能见到自己的偶像而激动不已。只可惜切斯特顿的离世使得这个心愿成为永久的遗憾。

在卡特·迪克森这个笔名之下，他主要创作了一位名叫亨利·梅里韦尔（Henry Merrivale）的人物，这位亨利·梅里韦尔既是一位从男爵，同时（偏偏）也是一位律师，他与费尔博士一样，热衷于破解那些看似不可能的谜案。他还创造了马奇上校（Colonel March）这个人物，他的丰功伟绩汇集于一本标题颇具时代特色的小说集：《怪奇案件受理处》。马奇这个人物以卡尔的朋友、同时也是侦探俱乐部成员的约翰·罗德（John Rhode）为原型（即塞西尔·约翰·斯特里特少校，他的另外两个笔名分别是迈尔斯·伯顿和塞西尔·维耶）。根据他的小说改编而成的26集电视剧《苏格兰场的马奇上校》于1955~1956年拍摄放映，波利斯·卡洛夫戴着一只眼罩饰演马奇。本故事的灵感源于1902年的悬案——皮森浩谋杀案（卡尔是个狂热的真实案件爱好者），并最初发表于1937年的《素描》周刊圣诞特辑。

虽然已有一片雪花掠过灯前，但房子的大门还是敞开着。与其说是雪花，不如说是一片被狂风驱赶的阴影，所有的门都嘎吱作响。屋里，罗德尼·亨特和妻子缪丽尔可以看见一条昏暗狭窄的门厅走廊，铺砌着枯燥的红砖，顶头是詹姆斯一世时期风格的楼梯。（当然了，这会儿并没有女尸躺在里面）

在肯特林地的偏僻之处找到这么一个地方——一幢

17世纪的乡间住宅，地板已经鼓起，房梁也显出年深岁久的痕迹——他们一点也不意外。即使发现屋子通了电他们也毫不惊讶。但罗德尼·亨特觉得自己很少在一幢屋子里能见到这么多的灯，而缪丽尔则自从他们的车转过弯之后就一直在思考这个问题。“净坪”这个名字名副其实。它坐落于一个平坦的草地斜坡之上，现在因为霜冻而显出一片厚实的白，方圆20米内没有树也没有灌木。屋内的灯光与房子周围某种荒凉与潮湿的氛围形成了鲜明的对比，仿佛屋主不得不让它们一直亮着一般。

“可前门为什么*开着*？”缪丽尔坚持问。

在车道上，他们汽车的引擎咳嗽两声后熄了火。此刻，房子那堵神秘的黑色山墙上，每一条裂缝里都透出光亮，映照出爬满山墙的紫藤藤蔓的轮廓。前门的两侧是两扇小玻璃窗，窗帘没有拉。在左手边他们可以尽览一间低矮的餐厅，餐桌和边柜布置得当，冷餐已经备好；在右手边是间黑漆漆的书房，映射出明亮的火光。

炉火的景象温暖了罗德尼·亨特，却让他感到愧疚。他们到得太晚了。他承诺过杰克·班尼斯特，他们一定会在五点整的时候抵达“净坪”参加圣诞派对。

离开伦敦时的引擎故障是一回事，但在沿途的乡村酒吧逗留，喝着热啤酒，听着无线电里的颂歌直到一种狄更斯式的欢快潜入内心，这就是另一回事了。但他和缪丽尔都还年轻，他们非常中意彼此，也对周遭的事物葆有兴趣。他们为即将到来的圣诞而容光焕发，因而当他们站在“净坪”吱呀作响的门前时，才会感受到古怪的寒意。

罗德尼心想，没必要感到不安。他将他们的行李——包括一个大盒子，里面装的是给杰克和莫莉的孩子们的礼物——从车子的后备厢里提出来。踩在碎石路上时，他的脚步声显得响亮是自然的。他将头伸进门，吹了声口哨。然后他开始拍打门环，敲击声似乎应该传送到屋子的每一个角落然后像一只探路狗一样回来。然而没有任何回应。

“我再告诉你一件事，”他说，“房子里没有人。”

缪丽尔跑上三级台阶，站到他身边。她将毛皮大衣紧紧地裹在身上，脸被冻得发白。

“可是不可能！”她说道，“我是说，如果他们出去了，那仆人呢？莫莉告诉过我她有一个厨子和两个女佣。你确定我们没跑错地方吗？”

“没错，宅名就在大门上，而且一两公里内也没别的房子。”

怀着同样的迫切，他们都伸长了脖子透过左边餐厅的窗户朝里看去。边柜上有冷禽肉，还有一大碗栗子；这会儿，他们可以看到还有一个大火炉，炉前有把椅子，上面摆着一件还没做完的针织品。罗德尼又使劲敲了敲门，但门环的声响却不对劲。东风从荒野呼啸而过，门再次吱呀作响，站在那片光的中间，他们仿佛感到自己更孤单了。

“咱们最好还是进屋吧，”罗德尼说，接着又缺乏圣诞精神地补充道，“这绝对是恶魔的把戏！你觉得这是什么情况？我敢发誓，这火绝对是一刻钟前才生起来的。”

他迈步走进门厅，放下手提袋。在他转身关门的时候，缪丽尔抓住了他的胳膊。

“我说，罗德，你觉得需要关门吗？”

“为什么不关？”

“我——我说不上来。”

“这地方已经够冷的了。”他如是说，不愿承认同样的念头其实也闪过他的脑海。他关上两扇门，将门闩上。与此同时，一个姑娘从右侧的书房出来了。

她长得如此赏心悦目，夫妇二人不由得松了口气。她为何不应门已经不再是问题，她填补了某种空白。她非常美丽，最多不过二十一二岁，拘谨的神情让罗德尼·亨特隐约将她与家庭教师或秘书联系起来，尽管杰克·班尼斯特从未提及过这号人物的存在。她体态丰腴，腰却特别细，穿着一袭棕衣。她的棕发分得整齐清爽，棕色眼睛——棕色的丹凤眼，看起来极其专注，如果不是如此沉静的话，或许会流露出一丝神秘或好奇的笑意。她的一只手上拿着一个看似是亚麻或棉布做成的小白口袋，说起话来也带着一股与她年龄不相谐的骄矜。

“实在是抱歉，”她告诉他们，“我*以为*听到了什么动静，但我当时太忙了，不敢确定。您能原谅我吗？”

她笑了笑。亨特本以为自己刚才的敲门声之大，就是死人都能被叫醒，但他还是含含糊糊地说了几句客套话。仿佛是意识到自己手中的白口袋有些不协调，她将它举起。

“玩捉迷藏用的。”她解释说，“很多人都作弊，不仅是小孩子。如果用普通的手帕蒙住眼睛，他们总会想办法弄松一个角。但如果用这个，将它整个套在头上，再绕脖子打个结，”——罗德尼·亨特的眼前倏然闪过一个可怖的画面——“那效果就好多了，不是吗？”她的眼睛似乎朝里瞥了瞥，然后开始显得心不在焉，“我可不能让你们一直站在这儿说话，您是……”

“我是亨特，这是我妻子。我们恐怕来得迟了，但我知道班尼斯特应该在等……”

“他没告诉过你吗？”棕衣女孩问道。

“告诉我什么？”

“这里的所有人，包括仆人，在今天这个特定的日子里，都会在这个时候离开这间宅子。风俗如此。我想这成为风俗已经有六十多年了。算是某种特殊的教会仪式。”

罗德尼·亨特的想象力设计出各种异想天开的解释：

头一个就是这位假正经的女士谋杀了家庭成员正在毁尸灭迹。是什么让他产生了这种非理性的念头，他自己也说不清，除非是作为侦探作家的职业身份使然。但听到这样一个说得通的解释，他又感到释怀。接着那个女人又说话了。

“当然了，这其实就是个借口。教区牧师，那个人啊，多年前编造了这个借口，让大家免于尴尬。这里发生的一切与谋杀无关，因为日期完全不同；我猜如今绝大多数人已经忘了住客们为何*如此*情愿在平安夜的七点到八点间离开这间宅子。我甚至怀疑班尼斯特夫人都不知道真实原因，但我想班尼斯特先生肯定知道。可发生在这里的事情并不令人愉快，而且让孩子们看到也是不行的——是吧？”

缪丽尔突然说话了，而且异常直接，于是丈夫知道她害怕了。“你是谁？”缪丽尔说，“还有，你究竟在说什么？”

“我清醒得很，”他们的女主人带着既活泼又腼腆的笑容向他们保证道，“我敢说你们一定是被我说糊涂了，天可怜见的。瞧，我失职了。请进，到火炉前坐一坐吧，我给你们倒点喝的来。”

她将他们引向右边的书房，然后用一种类似蹦跳的姿态继续向前走，长长的眼睛里流露出警惕不安的神色。书房呈长方形，低矮，而且有房梁裸露在外。对着马路的窗户没拉窗帘，但在侧墙边有个褪了色的红砖壁炉，那边的飘窗前，窗帘拉得密不透风。在女主人领他们来到壁炉前的时候，亨特可以发誓，他看到其中一幅窗帘在动。

“你不用担心，”她随着他视线看向飘窗，出言向他保证，“即使你检查那里，现在也什么都看不到。我相信曾经有先生尝试这么做过，那是很久以前了。他跟人打了赌，条件就是待在这里。但他拉开窗帘，在飘窗上什么都没看到——至少可以说，基本什么都没有。他感觉摸到了一些毛发，而且在动。这也是如今他们要开这么多灯的原因。”

缪丽尔在一张沙发上坐下来，点了支烟。亨特心想，他们一本正经的女主人恐怕并不赞成她的这个举动。

“能给我们一些热饮吗？”缪丽尔干脆利落地发问，“然后，您要是不介意的话，我们可以走着去迎接班尼斯特一家从教堂回来。”

“请不要那么做！”对方急道。她原本站在壁炉旁，双手交叠朝外站着。这会儿她跑过来，坐在了缪丽尔旁边，其动作之迅速，丝毫不亚于将手触上缪丽尔手臂的速度，这让缪丽尔身体向后一缩。

亨特现在完全相信他们的女主人一定是疯了。但他尚不理解她为什么对他们如此执着。因为急于将他们留下，女孩又生一计。沙发背后有张桌子，书立中间夹着一排现代小说。或许是莫莉·班尼斯特刻意为之，极其显眼地摆着两本罗德尼·亨特的侦探小说。女孩指了指它们。

“请问这些是你写的吗？”

他承认。

“那么，”她登时镇静下来，说道，“你可能会对谋杀感兴趣。这件案子极其费解，警方毫无进展，也无人能够解开谜团。”一双炯炯有神的眼睛盯住了他，“凶案就发生在那边的走廊里。一个可怜的女人丧了命，当时四下无人，而且也无人能够完成谋杀。但她还是被杀了。”

亨特从椅子上站起身，接着却改变了主意，复又坐下。“继续。”他说。

“具体日期我有点记不清了，请你务必见谅。”她恳切地说，“我想那应该是18世纪70年代初，而且我确定是二月中上旬——因为还有雪。那年冬天很难熬，农民的家畜都死了。我的家人多少年来都是在这一带长大的，所以我有所了解。宅子的样子和现在差不多，只是这些电灯还一盏都不曾有（只有石蜡灯，可怜的姑娘！）。要用的水也得靠自己打上来，而且人们读报读得相当仔细，还会讨论上好几天。

“那时候的人们看上去也会有点不一样。我实在无法理解为什么现在大家认为蓄须是件怪事，他们似乎觉得蓄须的男人都是冷酷之人。但那个时候，即使是青年人也蓄须，而且足够赏心悦目。那会儿住在这里的是一对新婚夫妇，至少是上一年夏天才刚结的婚。他们是韦克罗斯夫妇，男的叫爱德华，女的叫简，所有人都认为他们是般配的一对。

“爱德华·韦克罗斯没有留络腮胡，但他有精心打理得浓密卷曲的连鬓胡。他长得也算不上英俊，显得有些不通情理，不怒自威，但他是个虔诚的人，一个好人，一个优秀的生意人，据说是个霍克赫斯特的农具制造商。他认定简·安德斯（这是她的本名）会做好他的贤内助，而且我敢说她确实做到了。这姑娘有几位追求者，尽管韦克罗斯的确是最佳人选，但我知道，她最终接受了他，这多少有点叫大家惊讶，因为大家都以为她钟情于另一位青年，一位更为俊美、受不少年轻女孩爱慕的青年。他叫杰里米·威尔克斯，门第优渥，却又被认为道德有瑕。他与韦克罗斯差不多大，但有着乌黑浓密的胡须，穿缀有金链的白色马甲，拥有自己的马车。当然，之所以会有这种传言，还是因为大家都认为简·安德斯是个漂亮的姑娘。”

他们的女主人一直背靠沙发坐着，一边用一只手叠着那个小白口袋，一边一本正经地说着话。她接下来的举动让两位听众浑身发凉。

同样的事你大概已经见过很多次了。她一直在用另一只手的手指轻抚自己的面颊。这样做的时候，她碰到了自己下眼睑眼角的皮肉，就这样不小心拉扯开了下眼睑——眼角那里本该显露出红色的内眼睑。但那里不是红色的，而是一种病态的苍白。

“因为生意的缘故，”她继续道，“韦克罗斯先生经常去伦敦，而且通常当天都赶不回来。但简·韦克罗斯并不害怕独自待在家中。她有位贴心的仆人，一位忠诚的老妇，还有一条狗。即便如此，韦克罗斯先生还是赞许她勇气可嘉。”

女孩笑了。“在我想要告诉你们的那个二月的夜晚，韦克罗斯先生不在家。不幸的是，那位老仆也不在。她被叫去给她的表亲接生了，而且简·韦克罗斯同意她前往。村里人都知道这个情况，所有这种事情都是众所周知的，而且大家感受到了某种不安——你也知道，这幢房子前不着村后不着店。但她并不害怕。

“那天晚上非常寒冷，大雪在九点左右才停。你要知道，毫无疑问，可怜的简·韦克罗斯在雪停之际还活着。当穆迪先生——一位品行正直且住在霍克赫斯特的稳重人——沿着门前的道路驾车回家经过这幢宅子的时候，想必是九点半前后。正如你所知，这房子在一大片光秃秃的草坪中间，在路上也可以清楚地看到屋子。穆迪先生看到了可怜的简手执蜡烛，站在楼上的一间卧室窗边，正在关百叶窗。他不是唯一看到她还活着的人。

“同样是那天夜里，威尔克斯先生（片刻之前我刚跟你们提过的英俊绅士）和萨顿博士，他是本地的医生，还有一位名叫波利的赛马骑手在五灰村的一家酒馆里喝酒。大约十一点半的时候，他们开始搭乘威尔克斯先生的马车回十字架手村。他们大概喝了些酒，但他们都还很清醒。酒馆老板之所以能记得时间是因为他曾站在门口目送黄色车轮的马车扬长而去，仿佛路上没有积雪一般，而且威尔克斯先生还戴着一顶新的卷檐圆帽。

“月色新亮。‘没有危险。’萨顿博士事后总这么说，‘树影和墙影就像六便士上的剪影轮廓一样清晰。’但当他们经过这栋房子的时候，威尔克斯突然拉住缰绳。楼下的一间房间格外明亮，就是我们现在待的这一间。他们将头伸出车篷四处察看，感到不解。

“威尔克斯先生说：‘我觉得不对劲，’他说道，‘先生们，你们都知道，韦克罗斯还在伦敦，而他夫人一向习惯早睡。我要去看看，是不是有什么问题。’

“他说着就跳下了马车，黑胡子一掀一掀的，呼吸也粗重起来。他说：‘要是有强盗，那么先生们，无论如何——’我就不重复他用的那个词了，‘无论如何，先生们，我会解决掉他。’他穿过大门，上坡走向宅子——他们都跟在他身后——然后透过这间房间的窗户向屋内看。旋即，他松了一口气（他们借助马灯的光可以看清他的脸），抹了抹额前的汗。

“‘没事了，’他对他们说，‘韦克罗斯已经回来了。不过，不知道为什么，先生们，他最近是越发瘦了，也可能我看到的是影子。’

“然后他将自己的所见告诉了他们。你如果从前窗——就是那一扇——看进来的话，可以获得一个侧面的视角，能透过走廊看到大厅。他说自己看到韦克罗斯太太站在大厅背对着楼梯，她当时在睡衣外面裹了件蓝色披肩，头发也披散在肩头。与她面对面站着的人背对威尔克斯先生，他身材高瘦，形肖韦克罗斯先生；身着长风衣、头戴高帽，也酷似韦克罗斯先生。她手执蜡烛，也有可能是油灯。他还记得高帽前后摆动的样子，男子似乎在与她说话，或是朝她伸手。因为他说他看不见女子的面容。

“那人显然不是韦克罗斯先生。但他们是怎么知道的呢？

“第二天早上大约七点钟，兰德尔夫人，就是那位老妇人，她回来了。她的表亲在前一天晚上生了个大胖小子。兰德尔夫人在天光黎明时分冒雪回到家，发现整栋房子所有的门都锁上了。她敲了门也没回应。这是位有勇有谋的女性，她最终敲碎了一扇窗户进的屋。然而，当她看到大厅里的景象之后，立马惊叫着狂奔出来求救。

“可怜的简已经回天乏术了。我知道我不应该描述这些细节，但还是不得不说一下。她伏倒在大厅里，腰部以下多处被烧焦，而且衣不蔽体，因为火烧掉了大部分的睡衣和披肩。大厅的地砖渗透了血与石蜡油，石蜡油是从她身旁一盏有着厚厚的蓝丝绸灯罩的破油灯里流出来的。在灯的旁边是一盏插着蜡烛的瓷烛台。烛火同样将墙上的一部分镶板还有台阶烧焦了。所幸地板是砖瓦铺的，油灯里的油也所剩不多，否则整栋房子都会被火焰夷为平地。

“可她并非仅仅死于烧伤，她还被人用极为锋利的刀片深深地割了喉。她并没有马上断气，因为她着火之后还曾用手向前爬了一段距离。对于一个柔弱之人来说，这是一种极为残忍可怖的死法。”

话到其间她停下了。身穿棕色衣裙的丰满姑娘——这位叙事者脸上的神色微变，她的眼神也细微地闪了一闪。她正坐在缪丽尔旁边，又朝她靠了靠。

“当然，警察来了。我不太了解这种事情，但他们发现房子并没有遭到洗劫。他们同样注意到了我刚才提到的怪事，就是她身边同时有一盏油灯和一盏有蜡烛的烛台。油灯来自韦克罗斯夫妇楼上的卧室，烛台亦然。除了后厨里等待第二天一早加油的油灯，楼下不再有其他任何油灯或烛盏。但警方认为她不可能会同时带着油灯*和*蜡烛下楼来。

“油灯一定是她带下来的，因为灯坏了。他们猜测，凶手挟持住她，油灯摔下来，灯就灭了。石蜡油泼了出来，却未能引火。然后这个戴高帽的男人在割完喉之后，跑上楼拿来蜡烛，点燃了泼出来的灯油。我并不熟悉这些事情，但即使是我也能猜到，这一定意味着凶手是非常熟悉这幢房子的人。同时，如果她下楼，那一定是为了让门外的人进屋，那他就不可能是窃贼。

“或许你完全可以想见，从一开始便流言四起，即便警察尚未摸清案情，但大家都知道韦克罗斯夫人肯定是给一个不是自己丈夫的人开过门。他们很快就发现了这条线索的蛛丝马迹，在大厅火与血的一片狼藉中，距离可怜的简的尸体稍远处有个药瓶子，就是药剂师用的那种。我想它应该是碎成了两瓣，他们发现其中相对完整的那瓣里塞着一封信，尚有一部分未被烧毁。上面是一个男人的手笔，并非出自她丈夫，这一点他们经过仔细研究才敢确定。信中充斥着热烈爱意的表达，并且约定当晚会面。”

罗德尼·亨特在女孩停下的间隙觉得有必要问一个问题。

“他们知道那是谁的笔迹吗？”

“是杰里米·威尔克斯的，”对方言简意赅地答道，“尽管他们从未求证，只是略有怀疑，而且当时也不具备证实的条件。事实上，他们在威尔克斯的身上发现了一把染血的刀，但警察从未把这当一回事，可怜人。那是因为，凶手不可能是威尔克斯——或者这世上任何其他人。”

“我不明白。”亨特厉声说道。

“如果我讲得不够明白还请您原谅。”女孩用充满歉意的语调急道。她似乎在聆听寒冷天空下烟囱发出的隆隆声，双眼坚定而平静。“但即使是村里那些喜好搬弄是非之人也能明白，当兰德尔夫人那天早上回来时，前后门都是锁着的，而且还从里面闩了一道保险。所有窗户都从里面上了锁。如果你愿意看看这儿的锁扣，就能明白我的意思了。

“但，愿上帝保佑你，这还是最微不足道的一点。我告诉过你当时下雪了。雪在晚上九点的时候停了，远远早于韦克罗斯太太的被害时间。当警察抵达现场的时候，屋边半英亩洁白无瑕的雪地上只有两对不同的脚印。一对是威尔克斯先生的，他在前一晚走到屋子跟前朝屋里打望。另一对则是兰德尔太太的。这两组脚印来源清晰，在警察那里都可以获得合理解释，但除此之外就别无痕迹了，而且并没有人藏在屋子里。

“当然，怀疑威尔克斯先生是很荒唐的。不仅仅是因为他提供的戴高帽的男人的故事完全说得通，更别提还有萨顿博士和波利先生是跟他从五灰村一路驾车而回的，他俩可以发誓，威尔克斯没有这么做。你也知道，他只不过是在屋外的窗边站了一会儿。借着月光，他们可以看清他走的每一步路，事实上他们也确实分外留意脚下。在那之后，他驾车与萨顿博士回家并在那里过夜；或许我该说，他们继续狂饮烂醉直到天亮。他们确实在他身上发现了一把带血的刀，但他的解释是他曾用那把刀剖开过一只兔子。

“可怜的兰德尔太太也是一样的情况。她忙于接生，一整晚都没合过眼，怀疑*她*就更荒唐了。但那片雪地上没有别的脚印了，不管是进屋的还是从屋里出来的，而且所有的进出口都从里面锁得严严实实。”

这时候缪丽尔说话了，她试图让自己的声音显得干脆坚定，却还是忍不住有点颤抖。她问道：“你说的这一切都是真的吗？”

“我是有点故弄玄虚，亲爱的。”对方答道，“但千真万确，这事儿是真的。或许稍后我可以向你证明。”

“我猜其实是她丈夫干的？”缪丽尔恹恹地问。

“可怜的韦克罗斯先生！”女主人温柔地说，“他那天如以往一样，是在查令十字火车站附近的一家禁酒旅馆过的夜，当然，他从未离开过那里。当他得知自己妻子的背叛时，”——亨特再一次觉得她好像要扯开自己眼睑的一角——“他差一点发狂，可怜的家伙。我听说他放弃了农产品机械的生意转而开始传教，但我不甚确定。我知道他不久之后就离开了这个教区，而且他在离开前坚持要烧掉他们的床垫。这是桩可怕的丑闻。”

“但在那种情况之下，”亨特坚持道，“究竟是谁杀了她？而且，如果没有其余的脚印并且所有的门都锁着，凶手是如何来去的？最后，如果这件事发生在二月，那与这里的人们要在平安夜离开屋子之间又有什么关系呢？”

“啊，这才是故事的正题。我正要告诉你呢。”

她一下子阴郁起来。

“在之后的数年时间里，人们乐于欣赏人世沧桑或另辟蹊径。当然，那是因为一切尚未真正发生。警方已经完全放弃了这件案子，出于体面考虑，它被允许停止调查。市集广场新建了一个抽水泵，新一任的威尔士亲王将于1875年访问印度的新闻被人们津津乐道，这时候，一户新的人家搬进了‘净坪’并开始养育他们的孩子们。那些夏天的雨水草木都和以前别无二致。相安无事的日子大概过了七八年，因为简·韦克罗斯非常有耐心。

“在此期间有几个人相继离世。兰德尔夫人得痢疾死了；萨顿也死了，但这是上天极大的慈悲，他喝了太多的酒，在去找医生做截肢手术的路上倒地而亡。但波利先生很健朗——以及，最重要的，威尔克斯先生也不错。他们告诉我，他在接近中年的年岁甚至变得更为俊美了。他在婚后一改放荡习性。是的，他结婚了。对方是廷斯利家族的继承人琳肖小姐。凶案发生的那段时间里，他正在追求她。而且我听说，可怜的简·韦克罗斯即使在嫁给韦克罗斯先生之后，也曾在夜半时分因为嫉妒而银牙咬碎。

“威尔克斯向来高大，现在已经有些发福了。他总是穿着长外衣。虽然头发已经掉得不剩多少，但他的胡须仍然茂密卷曲。他有一双闪亮的黑眼睛，两颊也红润富有光泽，还有一副爽朗的嗓音。所有的孩子都亲近他。大家说他像以前一样，伤了很多女性的芳心。在任何热闹的娱乐场合，他总是第一个领跳四对舞或是给小提琴手鼓掌的人。难以想象如果没有他，女主人们该怎么办才好。

“平安夜这天——请记住，我对具体日期不太确定——芬顿一家举行圣诞派对。芬顿就是在那之后接手这栋屋子的人，非常和善的一家人。派对没有安排跳舞，只有那些老掉牙的传统游戏。自然，威尔克斯先生是第一个获邀也是第一个接受邀请的人。一切都被时间熨平了，就像陈年床罩上的褶皱一般。过去的已经过去了，他们都这么说。他们用冬青和槲寄生装点了屋子，客人们早在下午两点就开始陆续抵达。

“这些我都是从芬顿夫人的姨妈（沃里克郡阿博特家族的一位成员）那儿听来的，那阵子她长居于此。正值佳节，当天的准备工作却一点都不顺利，尽管这类工作通常都不尽如人意。阿博特小姐抱怨屋子里有浓烈的土腥气。那天天气阴冷，烟囱也有点堵了。不仅如此，芬顿太太在处理冷禽肉的时候还切到了手，因为她说有个孩子躲在那里的窗帘背后时不时地偷看她，她特别生气。而芬顿先生，在客人到来之前穿着地毯拖鞋在屋里到处乱晃并喊她'妈妈'，还说当天是圣诞节。

"自然，当游戏开始，欢乐便让他们将不快都抛到脑后了。席间的尖叫声你闻所未闻！——反正我是这样被告知的。无论是玩'咬苹果'还是'五月疯子'，最积极的都是杰里米·威尔克斯先生。他严父般地站在人群正中间抚须，旁边是他的丑妻子。他在槲寄生下与每一位女士贴面致意，也不乏主动向他献吻者。尽管他*的确*与年轻的特维格罗小姐在窗帘背后待得久了一点，但他的妻子也只是一笑了之。只有一支令人不悦的小插曲，也很快被人淡忘。临近黄昏的时候，突然阴云密布狂风四起，烟囱堵得更厉害了。天快黑了，芬顿先生说是时候把'金鱼草碗'拿进来点燃了。你知道这个游戏吗？将一大碗的酒点燃，你必须将手伸进去从碗底取出一颗葡萄干来，还不能让手被火焰灼伤。芬顿先生在天色已经黑了一半的时候将它放在一个托盘上拿了进来，碗面闪耀着你在圣诞布丁上能见到的那种幽蓝火焰。阿博特小姐说，碗刚一端进来，他就立刻转过身去。她说，曾有那么一瞬间，她以为有个人站在他身后越过他的肩膀往里看，而且那张脸并不悦目。

“那天的晚些时候，孩子们都开始困了，屋里的纸巾扔得满地都是，大人们开始认真地玩起他们的游戏。有人提议玩捉迷藏。他们将大厅与这间屋子划分成游戏区域，这样就比大厅宽敞得多。派对上的成员都用男士手帕蒙住了眼睛，但很多人都在作弊。芬顿先生对此相当恼火，因为在场的女士们总能抓住威尔克斯先生。而威尔克斯先生笑得汗流浃背，夹着银色别针的大领结都快松脱了。

“为了杜绝作弊，芬顿先生找来了一个白色的亚麻口袋——就跟这个差不多。那其实是从婴儿床上摘下的枕套，而且他说只要将它绑在头上，就什么都看不见了。

“我应该说明一下，当时这个房间里的灯出了点问题。芬顿先生说：‘真该死，妈妈，那盏灯怎么回事？把灯芯调高一些，好吗？’那是从‘斯明’买回来的高档货，不应该烧得如此昏暗。在芬顿太太尝试将灯调亮一些的时候，芬顿先生一边疑虑地看着她，一边心不在焉地往刚才最后一个被抓住的人头上套枕套。事后他说，他并没有注意到那是谁。事实上，所有人都没有注意到，当时光线昏暗，更何况屋里有那么一大帮子人。那似乎是位身穿宽大蓝色衣裙的女孩，站在离门不远的地方。

“你也许了解玩这个游戏时人们刚被蒙住双眼时的表

现。起初他们通常会静立不动，仿佛在用嗅觉或是感觉来决定接下来要往哪个方向走。有时候他们会突然跳一下，有时候他们会缓缓地朝前走。每个人都发现了这个蒙面之人似乎有着明确的目的性，她走得非常慢，而且似乎略微地俯下了身子。

“此人开始蜷着腿、非常灵敏地朝威尔克斯先生蹦过去，白色的口袋在其头上上下晃动。其时威尔克斯先生正笑着坐在桌子尽头，胡须以上的脸色红扑扑的，手里还端着一杯我们肯特郡产的苹果酒。我希望你将这间屋子想象得非常昏暗，而且远比现在更加凌乱，那时候的家具上都装饰着流苏，女宾们的头发也盘得高高的。戴着头套的人来到桌边了。此人开始接近威尔克斯先生的座椅，然后蹦了一下。

“威尔克斯先生起身，脸上笑容不减地跳着躲开了（没错，是跳着）。此人见状，静静地等了片刻，再次用同样缓慢的速度朝他走去。这一次在盆栽旁边也差点就能抓住他了。你要知道，虽然旁边的人都在鼓掌并大声起哄，但此人自始至终未发一言。这人一直低着头。阿博特小姐说她此时注意到有股淡淡的衣物烧焦或是更糟糕的难闻气味，这让她有些不适。当蒙面人就像能看见他一样、弯腰径直穿过房间的时候，威尔克斯先生的笑容消失了。

“在一个书架旁的角落里，他高声说：‘我受够这愚蠢、讨厌的游戏了，快走开，听见没？’在场的人从未听过他如此大声、粗鲁的发言，但他们都笑了，认为这一定是肯特郡苹果酒的效果。‘走开！’威尔克斯先生又喊了一声，并且向对方伸出了拳头。阿博特小姐说，在这时，她观察到他的脸色变了。他再度躲开，以他高大的身材来说，他的动作非常轻快且敏捷，但他的脸上开始淌汗。他又回到了房间的另一头，那人仍然紧随其后。他突然大叫一声，让在场的所有人震惊到难以言喻。

“他尖叫道：‘老天哪，芬顿，放开我！’

“那个女人最后跳了一下。

“当时他们就在那扇飘窗窗帘的旁边，窗帘就像现在这样拉着。特维格罗小姐当时距离窗帘最近，说威尔克斯先生不可能看得到什么，因为白色口袋仍然罩在那个女人的头上。她唯一注意到的地方是，在口袋的下半部分，肯定就是脸所在的位置，出现了不寻常的变色，一种之前没有的污渍，好像在慢慢渗出来。威尔克斯先生倒在了窗帘中间，蒙面人跟在他后面，他又惊呼了一声。窗帘里或是窗帘背后传来一阵激烈的挣扎声，然后窗帘恢复了原样，四周归于平静。

“咱们肯特郡的苹果酒度数挺高，有那么一会儿，芬顿先生不知该作何感想。他试图一笑置之，但那笑声听着有些别扭。接着他走到窗帘边，粗声粗气地让他们赶紧出来，别再出洋相了。但当他看见窗帘内的景象之后，他猛地转身，并请教区牧师带女士们离开房间。她们照做了，但阿博特小姐常说她朝里面飞快地瞥过一眼。尽管飘窗从里面锁上了，但威尔克斯先生现在单独坐在窗台上。她可以看见他的胡须翘得高高的，还有血。当然，他已经咽气了。但自从他杀了简·韦克罗斯之后，我发自内心地认为他死有余辜。”

两位听众僵了几秒没有动弹。她极为成功地营造出70年前这间屋子里的氛围，其中滞塞的空气似乎弥漫至今。

“但是！”亨特提出异议，他极快地打消了离开房间的冲动，“你说是他杀了她？之前你还告诉我们他有绝对的不在场证明。你说他从未踏进宅子半步……”

“是没进来过，亲爱的。”对方说。

“他那时候正在追求廷斯利家族的继承人琳肖，”她继续说道，“琳肖小姐是位得体的年轻女士，她若是得知他和简·韦克罗斯的事会万分震惊的，到时候她定会解除婚约。但可怜的简·韦克罗斯想让她知道。她深爱着威尔克斯先生，她要将一切公之于众；威尔克斯先生则一直尝试说服她不要这样做。”

“可是……”

“天哪，你难道不知道发生了什么事吗？”对方娇嗔道，“再简单不过了。我并不精通于这类事情，但我一下子就看出来了，即便当时我并不确知。我什么都告诉你了，你应该能猜到的。

“当威尔克斯先生和萨顿博士以及波利先生那晚驾车经过这里的时候，他们看到这房间的窗户上映出明亮的光线。这我刚才已经说过了。但警察，就像其他人一样，从未细究过那光线到底是如何造成的。简·韦克罗斯并没有踏进过这间房间，正如你所知道的那样；她在外面的大厅里，拿着油灯或是蜡烛。但油灯有厚重的蓝色丝绸灯罩，在大厅那里也不至于能把这间屋子照亮。更不用提一支细小的蜡烛了，那压根是无稽之谈。同时我也告诉过你，除了摆在后厨里等着加油的，这屋子里再也没有第二盏油灯了。只有一种可能。他们看见的是石蜡油被点燃后灼烧简·韦克罗斯时所迸发出的烈焰火光。

“我不是说过这很简单吗？可怜的简在楼上等待她的情人。她从楼上的窗户见到威尔克斯先生的马车趁着月色沿路驶来，但并不知道车上还有别人，她以为他孤身一人。她赶紧下楼来……

“警察没有进一步探究摔碎在大厅里的药瓶，那个摔成两瓣的大瓶子，这是个严重的疏漏。她拿它肯定是另有用处，事实上，它确实派上了用场。你也知道，油灯里的油快用完了，尽管它后来还是在她周身烧着了。当可怜的简下楼的时候，她一手拿着未点燃的油灯，另一只手上拿着点燃的蜡烛，还有那个装着石蜡油的旧药瓶。在下楼的时候，她本是打算用药瓶里的油灌满油灯，再用蜡烛点燃它。

“但她恐怕是太急于下楼了。当她心急慌忙地下了一多半的时候，那件长睡衣绊倒了她。她脸朝下扑倒在了楼梯上。药瓶在她身下的瓷砖上磕碎了，她身边泼出来一大摊石蜡油。当然，燃着的蜡烛在她摔落之时点着了石蜡油。这还不是全部。药瓶的碎片有个尖长又锐利的裂口，比任何刀片都锋利，在她倒下的时候直插入她的喉咙。这一摔，她并没有完全失去意识。当她感觉到自己身上起火，就连流出来的血液都被点燃之时，她试图自救。她试着用手向前爬，爬进大厅，离开血液、石蜡油和火。

“这才是威尔克斯先生透过窗户看到的真实情况。

“他始终无法摆脱那两个醉汉朋友，那两人一直黏着他，同他饮酒。他不得不驾车送他们回家。如果眼下不便造访‘净坪’，他想着至少能设法留个口信，而窗上的亮光给了他一个借口。

“他见到形容狼狈的简用手趴在大厅里，期艾地朝外望向他，而蓝色的火苗越来越猛烈，变成了黄色的光焰。你或许以为他会同情她，因为她如此深爱着他。她的伤口其实不算深，如果当时他冲进屋子，她或许还有救。但他更愿意看着她死：因为这样她就无法将丑闻公之于众并破坏他与富有的琳肖小姐的美事了。所以他才会转身对他的朋友们捏造出一个戴高帽的凶手的弥天大谎。所以，真相其实是，他亲手杀死了她。但当他回到朋友中时，我一点都不好奇，他们会见到他抹掉了额头的汗水。现在你能理解简·韦克罗斯是如何回来找上他了吧。”

又是一阵死寂。

女孩站起身，那种蹦跶的动作，多少让人隐约地感到熟悉。她仿佛下一秒就要开跑一般。她站在那儿，微微屈膝，还是那件拘束的棕色衣裙，用老式的方法束腰后，她的腰身瘦得出奇。她的面孔在火光的照映下，罗德尼·亨特认为，她的美丽只是一具躯壳。

“后来又发生过同样的事，在某年的平安夜。”她解释道，“他们又玩起了捉迷藏。这也就是为什么住在这里的人如今不愿意冒这个险。事情发生在七点一刻……”

亨特盯住窗帘。“我们就是七点一刻到的这儿！”他说，“现在一定是……”

“没错，”女孩的眼泪顿时涌了出来，她说道，“你看，我告诉过你无须害怕，那都是过去的事了。但这不是我要感谢你的原因。我请求你们留下，你们这样做了。你们耐心听我说完了其他人都不愿意听的故事。现在我终于把它都说完了。从今往后，我们都可以睡得踏实了。”

飘窗前拉着的深色窗帘没有一丝褶皱也没有一点动静。然而，就像原本模糊的镜头开始变得清晰一样，它们现在看起来毫无杀伤力。你甚至可以在那里摆上一棵圣诞树。罗德尼·亨特在缪丽尔的注视下，走过去掀起了窗帘。只见一个盖着印花布的飘窗座，以及窗外升上中天的月亮。当他转身，那个穿着旧式衣裙的女孩已然不见踪影，但前门又被打开了，他能感受到一股风窜进了宅子。

他搂着面色苍白的缪丽尔来到大厅。他们没有朝残留着灼烧痕迹和星点污渍的踢脚线底部多看一眼，尽管火灾的伤痕如今看来已经淡化不少。相反，他们站在大厅里朝外眺望。整座宅子向四周霜天冻地的林地尽情投射着明亮。这是热情的光亮。在一座山丘的斜坡上，黑色的星星点点正在雾色中艰难跋涉，这说明杰克·班尼斯特一行人正在返回，他们能听到远处传来的谈话声。他们听见其中一个人正无忧无虑、欢天喜地地唱着一支圣诞颂歌，还有孩子们回家的笑声。

保罗·坦普尔的白色圣诞节

弗朗西斯·德布里奇

弗朗西斯·亨利·德布里奇（Francis Henry Durbridge，1912~1998）这个名字因创造出了保罗·坦普尔（Paul Temple）这个人物而家喻户晓。来自苏格兰场的格雷厄姆·福布斯爵士（Sir Graham Forbes）在遇到疑案百思不得其解之际，总爱求助于这位儒雅的业余侦探。德布里奇的广播剧因其标志性的跌宕结局与多重转折在20世纪30年代及战后大行其道，另如《梅利莎》《仓皇窜逃》《谋杀游戏》等一系列的长青剧目也同样让他声名远扬。以保罗·坦普尔为主角的电影共有四部，还有包括《恶性循环》（1957）在内的其他影视改编。

如果以上成绩还不够的话，保罗·坦普尔还有连环漫画在多家报纸上长期连载，以及长达52集的电视剧在

1969 ~ 1971年陆续播出，由文质彬彬的弗朗西斯·马修斯饰演这位绅士侦探。而且电视剧的脚本和绝大部分的连环画情节还都不同于系列小说。他职业生涯的后半段以创作舞台剧本为主，自1971年的《突然回家》开始，他的几部悬疑剧先后成为伦敦西区的热门剧目。

作为作家，德布里奇善于营造悬念，并且节奏得当、对话精妙，这也有助于我们理解为什么他最为精良的作品都被改编成了广播剧与电视剧。此外，他还创作有少量的叙事散文。但他出版的大多数作品还是小说集，只有一个罕见的例外，那就是1950年独立成书的悬疑故事《后屋女孩》。本篇短文首发于1946年12月20日的《广播时报》。

史蒂芙结束了关于瑞士的讨论，拿起《冬季运动》的小册子，然后外出购物。她说她将于四点一刻在企鹅俱乐部与坦普尔会面。“我一定准时到。”她高兴地说。

那是两小时前的事。

现在是5:27:30，坦普尔仍在等待。他背对吧台坐着，盯着外面的雨景，喝着一杯干马天尼。酒保塞西尔正在喋喋不休地谈论“格雷戈里案”。他已经谈了37分钟的“格雷戈里案”了。坦普尔感到厌烦。等待，俱乐部，塞西尔，听人谈论“格雷戈里案”，都叫他厌烦。而连绵不绝的阴雨，尤为让他感到厌烦。他甚至开始后悔没有听取史蒂芙关于瑞士的建议。

史蒂芙到的时候刚过五点半。她将包裹放到高脚凳上，然后向塞西尔嫣然一笑。“这阴冷的天气，保罗——我们要是去了瑞士该多好，你不这样认为吗？”

坦普尔将自己的腕表伸到她的面纱前。他说：“现在是五点半，你迟到了75分钟，史蒂芙！”

“没错。我遇到了弗蕾达·格温，她一直说个不停。天可怜见的，她激动得都快发狂了。”

“她为什么激动？”

“她要去瑞士过圣诞，而且……”

坦普尔抓住史蒂芙的胳膊，与塞西尔道别，并拎起那些包裹。

他们站在门口看了一会儿外面的雨。“比起典型的英格兰的冬天，如果有什么更叫我喜欢的话，”史蒂芙说，“那就是典型的英格兰的夏天。”

坦普尔说：“这个时节，你指望什么呢？”

“我知道我想要什么！我想要……”

“你想要滑一整天的雪，”坦普尔说，“然后再跳一整晚的舞。”

史蒂芙说：“你可*真有*兴致啊，亲爱的！你需要的是大量的新鲜空气和充分的锻炼。”她想着圣莫里茨和皇宫酒店的溜冰场。

坦普尔点头。“这是个好主意，那我们步行回公寓吧。”天还在下雨。但他们走回了家。

当他们回到公寓，发现有一张查理留下的字条。字条放在大厅的小桌子上，是查理一贯的风格，简短直接。

去舞厅了。格雷厄姆爵士来过电话——这会儿又打来了。

乖。

查理

坦普尔没有特别理睬那句“乖”，但那是典型的查理做派。格雷厄姆爵士再次来电是一个小时之后。史蒂芙正在浴室里。

“还记得去年你协助过我们的那桩卢森堡假币案吗？”警监说道。坦普尔记得再清楚不过了。因为组织的头目——一个叫豪厄尔的人——离奇地销声匿迹了。

“没错，我记得，格雷厄姆爵士。可别告诉我你们抓到那个失踪的豪厄尔先生了？”

“我们没抓到，但瑞士那边的人好像办到了。他们逮捕了一个他们认为是豪厄尔的人，就在24小时之前。”

“发生了什么事？”

“明显是这位老兄在格林德瓦设法组建了个什么组织准备卷土重来。瑞士当局也是纯粹靠灵光一现才逮住他。”

“组织里的其他人抓到了吗？”

“没有，恐怕没有。”福布斯笑了，“事实上，他们并不能完全确认逮到的那个人就是豪厄尔。”

“这是什么意思？”

福布斯说：“这个嘛，瑞士的人似乎认为豪厄尔在卢森堡案后躲起来的这段时间里，做了一个改动极大的面部手术：你知道的，整容手术那类。”

坦普尔能听到史蒂芙在浴室里淋水的声音。他压低声音说道：“需要我参与进来吗，格雷厄姆先生？”

“恐怕需要，坦普尔。”格雷厄姆说，“瑞士当局希望这边能过去个人指认豪厄尔。最好是经办过卢森堡案的人。”

“豪厄尔在哪里？”

“他在格林德瓦被捕，但他们把他送到因特拉肯去了。根据我的推测，警察可能是有些担心其余的组织成员会试图营救他们的头目。”

坦普尔问：“你希望我们什么时候出发？”

他听到福布斯在电话那头咯咯笑了起来。

“我料想你也该提到史蒂芙了！”他说，“你们搭明早十一点钟的飞机出发。你们会在伯尔尼降落，然后坐火车去因特拉肯。”

坦普尔道过别，放下听筒，点燃香烟，坐下望着浴室门。没过一会儿，史蒂芙开门出来了。她穿着那件灰色的睡衣。坦普尔一直认为那件睡衣非常漂亮。

坦普尔说："你猜我为你准备了什么惊喜？给你三次机会。"

史蒂芙说："雨停了。"

"不是。"

"米高梅电影公司买了你最新的小说？"

"不是。"

史蒂芙边用毛巾擦头发边说："我的直觉在今晚罢工了，我认输。"

坦普尔说："看来今年终究还是要过一个白色圣诞节。我们明天一早出发去伯尔尼。"

飞机在机场降落，坦普尔和史蒂芙走向海关。坦普尔看了一眼天气。阴雨绵绵。"比起典型的瑞士的冬天，如果有什么更叫我喜欢的话，"史蒂芙说，"那就是典型的瑞士的夏天。"

史蒂芙笑着钩住他的臂膀。有个人在关内等候他们。一个胡子刮得很干净的高个子，看起来挺尊贵，穿一件深棕色的风衣。

他向史蒂芙触帽致意，然后对坦普尔说：

“保罗·坦普尔先生？”

“有何贵干？”

“我叫维尔克，先生。督察维尔克。当局命我开车送您去伯尔尼市区。”

坦普尔谨慎地打量着他，问道：“为什么去伯尔尼市区，督察？”

那人笑了笑：“我们将豪厄尔带到伯尔尼市区了，先生。我们认为这样能够节省时间。我的车任您使用。”

坦普尔说：“督察，我接到的指令是坐火车前往因特拉肯。我想我应该与您的长官确认这一方案的变更。”

维尔克笑了。他笑得挺好看：“那我建议您可以致电总部，”他说，“候车室里有电话，电话号码是因特拉肯9—8974。找杜马先生。”

坦普尔去打电话的时候，史蒂芙与维尔克待在一起。

显然，是杜马先生亲自接的电话。他非常友好，并被保罗·坦普尔所采取的谨慎态度逗乐了。

“维尔克当然是我们的人，”他说，“不用20分钟，他就能将你们带来这里。”

“你怎么知道他是你的人？”坦普尔说，“他也可能是冒充的！”

“那你形容一下他吧！”杜马急道，他的声音变得有些不耐烦。

保罗·坦普尔形容了一下维尔克。

杜马说："你不用担心，坦普尔先生，那就是维尔克无疑。"

坦普尔放下听筒，走出电话间，回到维尔克那边。维尔克正为史蒂芙撑着伞，看起来他们相处愉快。

看到坦普尔走过来，他笑了笑。

"怎么样，"维尔克说，"这下您能赏光同行了吧？"

坦普尔点点头，微笑着将手伸进口袋。维尔克和史蒂芙都以为他要拿烟，所以当他们看到他手中握的左轮手枪时，都不禁吃了一惊。准确来说，当时的情况是，维尔克惊讶、紧张、不安，害怕得不是一点点。

他有充分的理由如此——因为手枪正直指向他。

保罗·坦普尔和史蒂芙下了电车，朝雪道走去。今天是平安夜。

史蒂芙开始系滑雪板，并说：

"我猜维尔克——就是我们在机场见到的那个人——是豪厄尔的朋友吧？"

"非常亲近的朋友。"坦普尔说，"他们的计划显然是把我们绑了当人质，直到释放豪厄尔。"

"那通电话呢？维尔克给你的电话打通了吗？"

坦普尔点头。"接通了，电话那头的老兄——也就是维尔克的同伙——确认维尔克是警局的一员。”

“是什么让你起疑心了呢？”

坦普尔笑了：“我向那位朋友形容维尔克是个形容尊贵、戴眼镜的高个子。”

“但他没有戴眼镜呀！”

“他当然没戴。”坦普尔说，“但他的朋友有点急于求成，*立即贸然断定是维尔克有所乔装！*”

史蒂芙看起来愣了一下，然后笑出了声。她开始向下俯冲的时候仍然在笑，她缺乏练习，却不以为意。于是在第一个高难度的转弯处，她倒在了一片白色的雪雾中，而坦普尔跟在她身后，距离不足十米，避都避不开。

他们面对面坐了一阵，然后坦普尔努力站起来，并伸手拉了她一把。

他们拍拍衣服上的雪，保罗·坦普尔看着他的妻子笑了。

“我们肯定会度过一个白色圣诞节的！”

贝茜姐姐，或是你的老利奇

西里尔·黑尔

西里尔·黑尔是艾尔弗雷德·亚历山大·戈登·克拉克（Alfred Alexander Gordon Clark）的笔名。他于1924年获得律师执业资格后在黑尔律师庭工作，并住在位于巴特西的西里尔别墅，这两个地址共同构成了他的笔名。他的首部侦探小说《死亡之屋》（1937）改编自名为《戴尔斯福德庄园疑案》的舞台剧，随后有《运动员之死》（1938）和广受赞誉的《自杀除外》（1939）。他的第四本书《法律的悲剧》（1942）被普遍认为是他的杰作，小说将独创性的情节与对法律界迷人且真实的描画相融合，并塑造出弗朗西斯·佩蒂格鲁这么一位难得一见却富有感染力的主人公，他出场的时候事业与爱情生活都跌入了谷底。佩蒂格鲁在后来的作品中再次出现过，他的创造者给他安排了一桩迟到却幸福的婚事，并给了他任职大法官的机会。

黑尔的不幸早逝缩短了他杰出的侦探小说创作生涯。他的同行也是他的朋友、小说家、律师迈克尔·吉尔伯特（Michael Gilbert）对他极为推崇，他编辑了黑尔的短篇小说集；而P.D.詹姆斯在她的《私家病人》中也致敬了他最精彩的一段故事情节。黑尔是一位出色的短篇小说作家，他的大部分作品刊发于《伦敦标准晚报》。这篇小说首次出现在1949年12月23日的该报上，之后更名为《你的老利奇》和《来自邮局的礼物》。

在圣诞，我们欢庆迎接
每张熟悉的笑脸。
在圣诞，我们盼望会面
在那熟悉的地点。
五百次爱的致意，亲爱的老友，
你为我送来。
在迎接新年的时候
我翘首期待！

希尔达·特伦特一边用她精心护理的手指翻开圣诞贺卡一边大声读出了这几句可笑的祝福语。

“你听过这么差劲的吗？”她问丈夫，“我都好奇究竟是谁才能写出这种玩意儿。蒂莫西，你认识叫利奇的人吗？”

“利奇？”

“是啊，这上面是这么写的：‘你的老利奇敬祝。’一定是你的朋友。我唯一认识的那位老利奇，她的名字拼写和这个不一样。”她又看了看封面，“没错，是寄给你的。老利奇是谁啊？”她将贺卡递到早餐桌对面。

蒂莫西死死盯住这首韵调诗以及下方笔迹潦草的留言。

“我一点印象都没有。”他缓缓说道。

就在说这话的时候，他痛苦地发现卡片上的印刷体有不易察觉的人为修改痕迹。数字“五”是墨水写的。毫无疑问，原文本是“一百次爱的致意”。

“把它和其他贺卡一起放到壁炉架上去吧。”他妻子说道，“窗外有只漂亮的胖知更鸟。”

“该死的，不！”他暴怒，将贺卡撕成两半扔进了壁炉里。

半个小时后，他来到市中心，此时他意识到自己冒失了，当着希尔达的面就这样夺门而出。不过她会将这归咎于精神紧张，她总是盯着他要遵医嘱。就算英格兰银行里的所有黄金都归他所有，他也无法忍受自家客厅壁炉上的那句该死的顺口溜。如此傲慢无礼！阴险蓄意的恶行！前往伦敦的这一路上，列车车轮的响声都敲打出那令人发狂的节拍：

“在圣诞，我们盼望会面……”

他曾以为上一次的付款已经为这事画上了一个句号。他从詹姆斯的葬礼上回来，心中暗自得意，确信自己见证了那个自称“利奇”[1]的吸血鬼入土安息。但现在看起来，他似乎错了。

“五百次爱的致意，亲爱的老友……”

五百！去年是三百，那已经是狮子大开口了。那意味着得在一个尴尬的时节变卖掉一些财产。现在要五百，目前市场又是这个样子！难以想象，他究竟要怎样筹集这笔钱呢？

他还是会设法筹钱的，那是自然。他必须筹到。那令人作呕但已然熟稔的流程会再走一遍。将所有的一英镑纸币包成一个不起眼的包裹，寄存在滑铁卢站的衣帽间。第二天，他照常将车停在当地车站的铁路停车场，将寄存凭证压在雨刮器下——“在那熟悉的地点”。等他晚上下班后回来，寄存凭证就不见了。就这样，直到对方下次找来。这是利奇喜欢的方式，他别无选择，唯有服从。

关于勒索者的身份，特伦特唯一确定的就是，他——或许也可能是她？——是他家族中的一员。他的家族！感谢苍天，他们都与他没有真正的血缘关系。据他所知，他已无血亲在世，但还有“他的”家族成员。在

① 译者注：利奇（leech）亦有寄生虫、榨取他人钱财者之意。

他还是个羸弱的小男孩时，他的父亲娶了文弱无能的玛丽·格里格森，随她而来的还有一串怯懦窝囊的拖油瓶。1919年的大流感带走了约翰·特伦特之后，他就被当作这个傍人篱壁又贪得无厌的家族的一员被抚养成人。他在社会上混得风生水起，挣了钱，也娶了妻，但他从未摆脱掉“格里格森”家的人。他勉强承认自己的人生得以起步是靠了继母的护佑，但除她以外，他是多么憎恶其他所有人！可“他的”家人们仍希望得到亲兄热弟的关照，他们要求他出席家族聚会，尤其是圣诞期间。

“在圣诞，我们盼望会面……”

他放下没读完的报纸，怅然若失地望向车窗外。整件事情开始于四年前的圣诞季。那是在他继母的平安夜派对上，一次无聊的家庭聚会，就和他此后几天不得不参加的一样。他们玩了几样愚蠢的游戏来娱乐孩子——捉迷藏、抢凳子——想必是在玩游戏的过程中，他的钱包从口袋中滑落了。他第二天一早发现丢了钱包，绕道去她家将之取回。但钱包回到他手里的时候少了一样东西。就一样。那是一封信，非常简短直接的信，署名是一位因涉嫌参与大规模公债交易并受到调查，因而在当时声名狼藉的人物。他怎么会蠢到在用完之后还将它留着！但这也是事后诸葛亮的话了。

然后利奇的信息就开始了。那封信在利奇手上。利奇认为他有责任将这封信交给特伦特公司的负责人，也就是特伦特的岳父。但与此同时，利奇手头又有点紧，作为一点小小的报酬……于是就这样开始了，年复一年，如是往复。

他曾经如此笃定是詹姆斯！那个卑鄙失意的股票经纪人，因为赌博债台高筑，又把威士忌当水喝，这使他怎么看怎么像一个敲诈者。可他去年二月就已经摆脱詹姆斯了，现在利奇却再度现身，胃口更甚从前。特伦特在他的座位上不安地挪动了一下。“摆脱”这个说法有点不太确切。人必须对自己坦诚。他仅仅是为詹姆斯摆脱毫无价值的肉身搭了把手而已。他无非是邀请詹姆斯来他的俱乐部共进晚餐，让他饱饮威士忌，再留他独自一人在道路结满霜冻的一个大雾之夜驾车回家。他在金斯顿岔路口发生了一起不幸的事故，詹姆斯——还有当时刚巧也在路上行走的两个陌生人——他们的生命画上了休止符。算了吧！关键在于，那顿晚餐——还有威士忌——让他彻底失去了詹姆斯。他打算在今年的平安夜弄清楚究竟是谁在害自己。一旦被他查清楚，他绝不会再半途而废。

约翰·特伦特夫人的派对进行到一半，他突然有了惊喜的发现——事实上，就在礼物从圣诞树上分派到各人手上，整间屋子沐浴在彩色蜡烛的柔和光线之中，屋里正处在孩子们急不可耐地拆包裹然后发出各种“噢！”和“啊！”的惊叹声此起彼伏之际。如此简单，如此不期而至，他简直想仰天大笑。十分恰当地，这还得归功于他自己对派对所做的贡献。作为家族中的富裕成员，给继母送一些美味佳肴，以助她缓解拮据，能够为这样的场合提供一顿像样的家宴，在过去的一段时间以来，这都是他的不成文的义务。今年他的礼物是半打香槟——来自一部分他怀疑已经被软木塞污染了的寄售品。但对于从未喝过比柠檬水更烈之物的头脑来说，这样的香槟也足以在某个致命的瞬间撬开贝茜的嘴。

贝茜！站在所有人中黯然失色的老姑娘贝茜！贝茜，她的刺绣，她的慈善工作；贝茜，她那双可怜的、透着傻气的大眼睛还有她那沮丧的神态，都让人联想到还未开放就被霜冻打蔫了的花蕾。而且，你产生这样的联想也是极其自然的。或许，在格里格森家的那些人中，他最讨厌的就是她。他极度厌恶她，就像一个人对自己曾亏待过的人定会抱有的那种厌恶之情一样。但他过去曾天真地以为她并不怨恨他。

她与他同龄，自从他被引入这个家族的那一刻起，她就以他的保护者自居，帮他抵御了来自其他继兄的恶意。用她那令人厌烦的多愁善感的话来说，她与他“不是亲兄妹胜似亲兄妹”。等他们长大，两人之间的角色掉了个个儿，她成了他的跟班，饱含钦慕地见证了他早年间的奋斗与挣扎。之后就变得再清楚不过了，她和其他人都希望他能娶她。他也非常严肃地考虑过一段时间。那阵子她足够美貌，而且如习语所说的那样，将他奉若神明。但他那时就意识到，如果想在这世上出人头地，他就必须换个目标。他与希尔达订婚的消息对贝茜而言是致命一击。她那副老姑娘的模样和沉迷慈善都是从那时候开始的。但她一直如此善解人意地宽宏大量——至少表面看起来是这样。现在，他站在槲寄生下方，头上戴着顶滑稽的纸帽子，惊讶于自己怎么会这么好骗，好像那张贺卡不可能出自女人之手一样！

贝茜仍在朝他微笑——带着微醺的迷离神气朝他微笑着，她尖翘发亮的鼻子在烛光下粉扑扑的。她做出了个有点迷惑的表情，好像正在努力回想自己刚说了什么。蒂莫西回以微笑，并向她举起酒杯。他异常清醒，在有必要的场合下，他可以提醒她刚才都说了什么。

“我给你的礼物，蒂莫西，已经寄出了。我估计你明天就能收到。你不会再收到那些可怕的圣诞贺卡了，我猜你会很高兴的。”

这些话还伴随着一个明显的眨眼。

“蒂莫西叔叔！”詹姆斯的小胖女儿跳过来给了他一个响亮的吻。他轻笑着将她放下来，还跟她哈痒痒。

他突然觉得如释重负，与世上的所有人事物都关系和睦——只有一个女人除外。他离开槲寄生，在屋里闲晃，与所有家人互相寒暄。他与罗杰碰杯，这个早衰、过劳的全科医生。现在完全不用担心自己的钱是流进了他的口袋！他朝彼得的背上拍了一掌，耐心地忍受了五分钟关于近来汽车业非常艰难的密谈。玛乔丽——詹姆斯的遗孀，穿着用其他衣服改来的黑色连衣裙，看起来苍白憔悴却又格外坚韧。他说了些恰到好处的安慰与鼓励之语，甚至还在口袋里为他那些高大粗笨的继侄们找到了几枚半克朗硬币。然后他来到待在火炉边的继母身旁。她静静地把握着这个喧闹欢快的场景，她浅蓝色的眼中闪烁着温柔安详的光彩。

"愉快的夜晚。"他发自内心地说。

"谢谢你，蒂莫西，感谢不尽。"她答道，"你总是对我们这么好。"

那么一点质量可疑的香槟竟可以发挥如此神奇的功效！他倒很想看看，如果他说"我猜你还不知道，你的小女儿，这会儿正和彼得的丑小子在拉彩炮的那个，她一直在敲诈我，而且我很快会让她把嘴彻底闭上"，她听到后将作何反应。

他转身离开。这都是怎样的一群人啊！一群衣衫褴褛、寒酸贫穷的家伙！这么一屋子的人里，连一套剪裁得体的西装或是一个打扮入时的女人都找不到！他不是不曾设想过，他的钱是被拿去帮助了其中某些人！那为什么他们还是散发着无法掩饰的贫穷的气味！现在他明白了。贝茜解释了一切。她那自相矛盾的思维方式多么具有代表性，敲诈他，从他这里榨取钱财，然后全部拿去做慈善。

“你总是对我们这么好。”想想这话，其他所有人加起来也比不上他继母一个人。为了保住父亲的老房子，她一定煞费苦心，毕竟她的孩子们全都没什么收入。或许有朝一日，当他的钱真正归他所有之后，他会考虑以某种方式贴补一下她……但在那之前还有很多事要做，他不能放任自己沉溺在这种不切实际的幻想之中。

希尔达穿过房间向他走来。她的优雅与格里格森家那些女人的打扮形成了赏心悦目的对比。她看起来疲惫又厌倦，对她来说，在这样的屋子里参加聚会，感到无聊是再正常不过的了。

“蒂莫西，”她低声说，“咱们能离开这儿吗？我的头像有千斤重，如果想要明早还能做事的话……”

蒂莫西打断了她。

“你直接回家吧，亲爱的。”他说，“我知道现在已经是你的休息时间了。你开车回家，我可以走着回去——今晚天气不错。不用等我。”

“你不走吗？我还以为你说……”

“是的。我得留下来直到派对结束。还有一桩家族里的小事，我得趁机处理一下。”

希尔达有些惊讶地看着他。

“好吧，如果你这么认为的话，”她说，“你好像突然对家族事务格外热心。你最好多留意一下贝茜，她已经喝得够多了。”

希尔达是对的。贝茜肉眼可见地快乐。蒂莫西也始终留意着她。多亏了他的留意，在这天凌晨，当圣诞节终于到来，客人们跌跌撞撞地穿上外套时，她也终于喝得快站不稳了。“只要再来一杯，”蒂莫西根据经验设想，“她就会立刻断片。”

“我送你回家，贝茜。”罗杰用他的职业眼光打量着她，说道，“我们的车挤一挤也能坐得下。”

“胡说八道，罗杰！”贝茜咯咯笑起来，“我好得很。你说得好像我已经醉得不能走到车道另一头似的！”

“我会照顾她的。”蒂莫西热情地说，“我走回去，我俩可以搭个伴儿。你的外套呢，贝茜？你确定所有的礼物都拿上了吗？”

他一直拖延到其他人都离开了，才帮贝茜套上她那件穿旧了的皮大衣，向她深情款款地伸出右臂弯，两人一起踏出了屋子。接下来的事就简单了，他感到神清气爽。

贝茜住在老房子旁边的小屋里。她喜欢自力更生。这种安排对大家都方便。尤其是詹姆斯在赌马场上屡战屡败后，他索性带着全家搬来与母亲同住以节省开支。现在这种安排对蒂莫西也非常方便。他绅士地伴她走到车道的顶头，绅士地帮她将钥匙插入门锁，绅士地扶她走进用门厅隔出来的起居室。

贝茜在那里非常体贴地替他省去了很多麻烦，避免了可能出现的不愉快。当他将她放倒在沙发上时，她终于彻底臣服于香槟的威力。她闭上双眼，嘴巴大张，像根木头一样一动不动。

蒂莫西松了一口气。他准备不惜一切代价让自己从被敲诈的恐吓中解脱出来。如果不用诉诸武力就能拿到那封该死的信，他也会很高兴的。要报复贝茜，以后有的是办法。他飞快地环视一圈屋子。他熟悉这里的构造。自从贝茜毕业，第一次布置好自己的房间以来，这里几乎没有改动。还是那张破旧的书桌，孤零零地摆在房间角落，她以前都将宝贝藏在里面。他猛地拉开抽屉，一堆账单、收据、慈善吁请，还有更多的慈善吁请在涌出来。他逐一拉开那些抽屉，每多拉开一个抽屉，他的心情就越发焦急，可依旧没发现他要找的东西。最终，他发现了一个小小的内层抽屉，打不开。他用力地拉拽了几次，还是无法打开，他最终从壁炉旁拿起火钳，用蛮力打开了那把劣质的锁。接着他将抽屉整个拖出来，专心检查里面的内容。

里面被塞得满满当当。最上面的是他在剑桥最后那年五月舞会的节目单，然后是快照、剪报——中间夹着他自己婚礼的新闻——剩下来的就是成堆的信件，都是他的笔迹。这个可怜的女人似乎珍藏了他写给她的每一张废纸。他翻开这些信，其中某些曾经使用过的词汇浮现在他的脑海中，他第一次体认到，自己抛弃了她，她的怨恨该有多深。

但那封最重要的书信到底被她藏在了哪里？

当他从书桌旁直起身子，他听到身后近旁传来令人窒息的可怕响动。他飞快转身。贝茜站在他身后，表情写满惊讶，她惊愕地张大了嘴。她颤抖着深深吸了一口气，下一秒就要大声惊叫了……

蒂莫西压抑许久的怒气再也无法控制。他用尽全身的力气，将拳头挥向那张龇牙咧嘴的蠢脸。贝茜像中弹一样向后倒去，头撞在一条桌腿上，发出了类似折断枯干树枝的一声脆响。她没有再动弹。

尽管自那之后屋里就变得足够安静，可他并没有听见继母进屋的声音。或许是因为耳朵里充塞着自己的心跳声，以致他短暂地失聪了。他甚至不知道她已经进来多久了。但很显然，她已将一切尽收眼底，当她张嘴说话的时候，声音十分镇定。

“你杀死了贝茜。”她说。与其说这是指控，不如说是平静的陈述。

他无言点头。

“但你没有找到那封信。”

他摇头。

“难道你没有明白她今晚要告诉你什么吗？信已经寄出去了。那是她给你的圣诞礼物。可怜又可爱的傻贝茜啊！”

他盯住她，大吃一惊。

“直到这会儿我才发现信从我的首饰盒里消失了。”她继续用平静的声音毫无波澜地说了下去，“我不知道她是怎么发现的，但爱——即使是像她那种疯狂的爱——有时候会赋予人一种超常的洞察力。”

他舔了舔发干的嘴唇。

“所以你是利奇？”他颤抖着说。

“当然。还能是谁？不然光凭我的收入，你觉得我靠什么保住这么一栋房子，还能让我的孩子们免受债务之扰？不，蒂莫西，别再靠近了。你今晚不可能连杀两个人。再借你十个胆子谅你也不敢，但出于安全考虑，我还是将你父亲1918年退伍时的小手枪带来了。坐下。”

他不由自主地蜷坐在沙发上，无可奈何地仰视着她那张冷若冰霜的老脸。贝茜的尸体横亘在他们二人之间。

“贝茜的心脏一直不大好，”她若有所思地说，“罗杰近来很是为她担心。只要知会他一声，我可以保证，他会有办法开具死亡证明的。当然了，要办成这事可不便宜。要不我们今年把五百镑改成一千镑如何？比起另外那个选项，我相信你更喜欢这个，是吧，蒂莫西？”

蒂莫西再次沉默地点了点头。

“很好。我明早会和罗杰说的——在你将贝茜的圣诞礼物还给我之后。我以后还用得上。你现在可以走了，蒂莫西。”

暗线操作

伊迪丝·卡罗琳·里韦特

伊迪丝·卡罗琳·里韦特（E.C.R.Lorac，1894~1958）创作过至少71部侦探小说，其中48部以伊迪丝·卡罗琳·里韦特之名发表，其余的则署名卡罗尔·卡纳克。伊迪丝出生在亨登，求学于伦敦中央艺术和设计学院[1]。在她用伊迪丝这个笔名发表的作品中，核心人物是一位叫麦克唐纳总督察的“生活在伦敦的苏格兰人”，他在《伯罗家族疑案》（1931）中初次亮相。麦克唐纳是个讨人喜欢的角色，虽然少许有些脸谱化，但伊迪丝直到晚年也仍在创作关于他的故事。她早期的小说常将背景设置在伦敦，比如《会说话的风琴》（1935），多萝西·L.塞耶斯为此在《星期

① 译者注：中央圣马丁艺术与设计学院前身。

日泰晤士报》上热情撰评；以及富有神秘感的《钟楼蝙蝠》（1937）、极其生动的战时侦探小说《暗夜凶影》（1945）。“二战”之后，伊迪丝搬去英伦西北部定居，创作了包括《窃铁狗者》（1948）在内的一系列围绕卢恩河谷展开的悬疑小说。她用事实证明，自己在重绘乡村生活与田园风光方面的能力丝毫不亚于描绘首都的繁忙与喧闹。

伊迪丝曾在侦探俱乐部担任秘书多年。她的文风相对闲散平淡，这也就意味着相较于短篇小说，她更喜欢长篇小说的空间与容量。本篇故事是她在创作短篇悬疑故事方面为数不多的尝试之一，以现在的标题被收录于1951年的《伦敦标准晚报侦探故事集》第二卷。它于1950年10月11日首发在《伦敦标准晚报》时的标题为《桥牌桌上的命案》。

“在警察的眼皮子底下发生命案是一件非常罕见的事。”刑事调查处的老员工朗督察如是说。

“我认为这是极不寻常的。”沃尔顿医生激动地嚷道。哈兰——一位声名日盛的年轻律师也插话进来：“跟我们说说吧，督察。我们是合适的听众，今晚正是讲故事的好时候。”这三个人是在湖区一间旅馆偶然认识的。正值复活节期间，但天气却变得糟糕：刺骨的东北风带来了大雪，中止了攀岩和徒步运动。那一晚，三人坐在烧得正旺的原木火堆旁各自报过家门，很快就互相深谈起了自己的本职工作。

朗督察朝火堆伸直长腿。“没错，这个故事很值得一说。”他说道，“而且事发当晚也跟今晚一样，天气糟透了。你们或许听说过查尔斯·莱顿爵士这个人，北部最富有的实业家之一。一切始于莱顿找到警察局局长，说他收到了恐吓信。这或许不足为奇，因为在那个时代，他是个严苛的老家伙。我们追查不到写信的人，最终莱顿要求警方提供保护。‘你们看，’他说，‘最新的这封信说我活不过今年。今天是12月30日。我这辈子没给警方添过什么麻烦。我认为你们可以在元旦前派警察保护一下我——如果我被哪个曾经解雇掉的暴徒突袭了，由你们全权抓捕他。’局长说莱顿多少也算是位人物，我们最好还是听他的。于是我就跟着查尔斯爵士去了他女婿举办的迎新桥牌会。我并不会打桥牌——但那不重要。我全副武装，穿上整套的晚礼服，和他一起开车去了哈罗比庄园。我度过了一个愉快的夜晚。当然，除了查尔斯爵士，没人知道我是警察。”

“查尔斯爵士只有一个孩子活了下来，就是安娜贝尔，”督察继续道，“她嫁给了约翰·布兰德。他是个金融家——聪明人，总能成功预知市场走向——据说是这样。那是一栋很好的房子，年轻夫妇——约翰与安娜贝尔·布兰德——非常热情地欢迎了我们。当然，他们对查尔斯爵士表现得大惊小怪的，他们将我视作他的朋友，也给予了我相应的接待。我们一共有六个人，约翰与安娜贝尔·布兰德，查尔斯爵士，一位年轻的英国皇家空军长官，一个名叫埃夫丽尔·沃尔什的漂亮姑娘，以及在下。大家决定布兰德先不参加第一盘，他对我很客气，其他四人则在桥牌桌上各自坐下。我坐在壁炉边，牌桌位于房间正中。布兰德是个殷勤的女婿，他和他年轻的妻子小题大做，只为了让查尔斯爵士感到宾至如归。爵士是个大块头，所以他们给他安排了一把非常精良的椅子——詹姆斯一世风格的——又重又结实，足以承受任何人的体重。他们最终坐定，查尔斯也非常自在——他叫了一个大满贯，而且信心满满。约翰·布兰德与我轻声交谈，这样不会打扰到牌局。我说我觉得雪好像停了，布兰德说：'我觉得你说错了，这会儿下得比之前更猛了。'他说着走向落地窗，拉开了窗帘朝外瞧。房间朝东，窗户上积满了雪——就像现在这扇一样——就在布兰德朝外探视的时候，他突然大叫一声：'老天啊！外面露台上有个人！真见鬼！大家小心，他手上有枪……'我立马起身，但枪声随着布兰德的叫喊同时响起。子弹射进来的时候玻璃发出脆响，莱顿倒头栽在了桌上，子弹穿过了他的头部。"

"这下你就难办了，督察，"沃尔顿医生咕哝着说，

“你是受托去保护莱顿的——不过你抓到凶手了吗？”

“嗯，”朗说，“我最终还是抓住了他。枪击过后场面混乱了一阵子。布兰德试图打开落地窗冲到外面去与枪手搏斗，但我没有允许——我不能冒险让任何业余的人干涉这项工作。我之前安排了年轻的狄克逊中士驻守在外面，我知道他是个可靠的小伙子。我拦住布兰德，将他拖离窗边，尽管他怒发冲冠——对我异常生气。我告诉他我是刑事调查处的警官，我命令他们都待在原地。所有人都对我大发雷霆：子弹是从窗外射进来的，布兰德看到凶手跳进了灌木丛藏身，我究竟为什么要阻止布兰德去追他？”

“嗯，估计在类似的情况下，我也会有这样的感觉。”哈兰说。但老督察摇了摇头。

“小伙子，我的年纪也许的确有点大了，行动迟缓，但我不会放他们出去在雪地上到处乱走，把所有的证据都毁掉。年轻的狄克逊很快就前来报告了。他一直在房子的拐角处当值。在枪声响起之前他略微有点分神，但一听到枪声，他立刻飞快转身。布兰德破口大骂：‘还飞快呢，去你的，你不够快。我告诉你，我*看见*那家伙跳进了灌木丛。你们这些警察让我力不从心，要不是这位督察横插一杠子，我一定能捉住那个魔鬼。’不过狄克逊还是找到了那把枪——一把老式的军用手枪，还不是自动式的。它被扔在露台角落里的雪地上，雪地里有些大脚印，有人曾在那里站立过，还有一串通往灌木丛的脚印。就在这时，当地警察到了，我让他看住那群人。在我有时间展开思考之前，我不会允许他们中的任何人离开。”

“我相信当时那些人并不十分看好你。”沃尔顿医生趁老督察暂停之时补充道。

“或许是的，或许是的。”朗表示赞同，“但有的时候，磨刀不误砍柴工。而且我觉得疑点重重。于是我来到屋外侦查。雪地上的脚印非常清晰——的确*曾*有人站在露台上并*曾*跳进灌木丛，尽管我能看到印迹已经开始融化，脚印已经变得模糊。然后我发现了一样挺奇怪的东西——一小段弹簧状的窗帘线。它挂在灌木的枝条上，正对着落地窗。它与凶案或许无关——也可能有关。接着我开始研究那扇窗户和窗帘装置。我与布兰德拉扯的时候窗帘是半开的，拉绳已经松开了，但我看到电话线是通过窗棂上的一个钻孔通进的屋子。”朗停了一下继续说道，“这就是整体的案情，但我还是要重复一下重点。查尔斯爵士被射杀时正坐在房间正中的桥牌桌上，正对窗户。子弹穿*过*玻璃射了进来。窗外以及露台上都有脚印。枪被扔在露台上，我还发现了一小段弹力窗帘线挂在过道对面的树枝上。大概一个小时之前天还冷得结冰，但现在雪却开始融化了，我想我必须赶在它形状改变之前想明白。你俩有头绪吗？”

哈兰首先开口："当然是金融家布兰德，他企图尽快获得莱顿爵士的家产，而布兰德的妻子毕竟是莱顿的独女。布兰德收买了一个枪手趁着窗帘拉开的时候射杀莱顿。凶手的身手敏捷，飞快跳进灌木丛掩藏，狄克逊都没来得及看到他。"

"这说不通。"沃尔顿医生说，"你没仔细听证据。朗说窗户被大雪覆盖住了，就跟那边的那扇窗户一样。再说了，屋内这么热，窗户里面也会起雾。凶手怎么可能透过那样的窗户看清里面并瞄准呢？你出去看了便知。这是不可能的。"

朗开心地笑了："哎，你说对了，医生。再说了，布兰德是如何透过积雪且起雾的玻璃*看见*那个站在露台上的家伙的呢？"

"但你说露台的积雪上有脚印。"哈兰坚持道。

"这个我可以解释，"沃尔顿医生说，"*当时*冰天雪地。那些脚印可能是之前下着鹅毛大雪之际被制造出来的——证据这就齐备了。枪也可以提前扔在那儿。不，这或许行不通。那是把老式手枪——你确定它就是用来射杀了莱顿的那把手枪吗？"他问朗。

"我非常确定，而且后来我们也证明了这一点。"朗说，"就那一把枪，没别的了。好吧，医生，我认为自己应该在脚印解冻之前赶紧完成一次案情重现。我让所有人恢复枪声响起时他们所在的位置，并让狄克逊站在露台上，叫他在警员拉开窗帘时瞄准莱顿的椅子。不出我所料，玻璃被雾气和雪遮住了，狄克逊根本瞄不准，警员也说压根看不见窗外的露台。原来如此，但子弹*的确*是从窗外射进来的，而且杀死了莱顿。”

“那就是诱杀了，”哈兰说，“我这会儿记起来了。你说布兰德殷勤地招呼莱顿在一张大椅子上坐下。布兰德一定是用某种方式将枪固定在窗外，将它设置成恰当的高度和角度，瞄准莱顿的头。布兰德趁莱顿坐直的时候，以迅雷不及掩耳之势开了枪。他可以借助一根细线来开枪——比如钓鱼用的飞线——穿过为电话线而设的墙洞，之后再趁乱把线清理掉。这个假设如何？”

“你还没有解释到关键之处，”沃尔顿医生反驳道，“枪被发现躺在露台的一角——而非如你所说的‘固定在窗外’。”

哈兰看起来有些沮丧：“是的，还是忘了这个说法吧。”他说着。朗笑了起来。

“你忘了我说过的那根窗帘弹力线，老兄。那线非常结实，而且完全拉伸开时弹力极强，跟老虎钳子一样。我发现可以用弹力线将枪固定在露台正上方，再将最后一圈绕过枪口。开枪的时候——就像这位小伙子说的那样，用线——子弹会切断弹力线，枪就落到了地上。拉力骤然消失，弹力线就会回弹。这就解释了为什么我在过道上发现了枪，而在灌木丛中发现了弹力线。”

“天哪，真狡猾！”哈兰惊叹道。朗继续说：

“当我拿着那段弹力线做案情重建时，布兰德的精神就垮了。他放弃了争辩。他被我骗住了，他还以为我只是个步履蹒跚的老家伙，是莱顿的什么朋友——万万没想到原来我是刑事调查处的人。”

朗顿了顿，再次点燃了他的烟斗。“你们知道是什么让我如此肯定他在撒谎吗？”他问，“不是积雪的窗户，甚至不是弹力线。是狄克逊，我*知道*狄克逊是个好小伙儿，总是尽忠职守。我不相信狄克逊听到枪声后的行动会如此迟缓，屋里的光透过玻璃照亮了整条小径，他却既没听到也没见到凶手从露台跳下、穿过小径再跳进灌木丛。我相信自己训练出来的人。如果狄克逊没见到露台上的人，那是因为压根就不存在这样一个人。于是我设法去找一些蛛丝马迹，而且，老天哪，还真让我找着了。一截弹力线。”

沃尔顿医生笑了：“你可真行，督察。拉线？大家常说这些在金融界变戏法的手里总提着几根线，但他们的木偶并不会一直任他们摆布，而且市场也跟他们对着干。”

“暗线操作，”哈兰说，“用来做故事的标题还不错，你们说呢？”

果报不爽

约翰·布德

约翰·布德是欧内斯特·卡朋特·埃尔莫尔（Ernest Carpenter Elmore，1900~1957）的笔名。在成为全职写作者前，他曾做过教师和戏剧制作人。从事写作之后，他以自己的本名创作过题为《钢蛆》（1928）的幻想类小说。他于1935年凭借一部《康沃尔海岸疑案》转型侦探小说写作。它很快续写了三部同样以此迷人地区为背景的悬疑小说，分别是《湖区疑案》《苏塞克斯谜案》和《切尔滕纳姆广场疑案》。在找到了自己的文学定位后，他逐渐成为一位卓有成就的传统侦探故事小说家。“二战”之后，他又写过几部故事背景设定于欧洲大陆的小说，1952年的《帕洛玛别墅的秘密》就是一部经典作品。

在英国的侦探小说史中，布德算不上举足轻重，但也绝非无足轻重。他是为数不多的几位作家之一，于1953年的盖伊·福克斯之夜[①]在全国自由俱乐部[②]与约翰·克里西一同创办了英国犯罪作家协会。犯罪作家协会目前在全球范围内有八百多位会员，其主办的“金匕首奖”也蜚声海内外，这大多得归功于像布德和克里西这样的先驱们的努力。在他遽然离世之际，他一共出版了30部侦探小说，其中的大多数作品以梅雷迪思督察为主人公。布德很少尝试短篇故事，这一珍贵的例外首发于1954年第21期的《伦敦侦探杂志》。

托德·詹森是列文代尔最优秀的滑雪者。战前来我们挪威山区度假的英国人或许还记得他，因为在悲剧发生后，他成为一名滑雪教练，并且干得风生水起。事实上，成功得超乎想象，当托德在1945年死于意外之后，他名下有三千英镑可转赠给他的死对头——奥拉夫·金克。当然，那是一份补偿，补偿他对奥拉夫的所作所为——这个可怜的家伙在托德认罪的三个月后从奥斯陆监狱获释，此时破碎了的不仅是他的心，还有他对同辈人的信任。

但我早有预料。

卡伦·嘉宝是这起悲剧的起因。她是个金发碧眼的高

---

① 译者注：又称“篝火之夜”，英国的传统节日，时间为每年的11月5日。

② 译者注：伦敦一著名私人俱乐部，1882年成立。

挑美人，冷艳得犹如我们这儿的北极光。她迷住了列文代尔的大多数男青年，却只中意两位——托德·詹森和奥拉夫·金克。

不论是运动型的、金发英俊的托德，还是忧郁、机智、勇猛的奥拉夫，两年以来，她把他俩哄得围着自己团团转。这么说吧，她最终会选谁，在我看来从来就不成为问题。尽管奥拉夫聪明又上进，但一看到他在雪地上踉踉跄跄，我就知道他毫无希望。卡伦·嘉宝这样的姑娘是不会嫁给一个装着条木头假腿的男人的。

卡伦独自住在村子外围的一间独栋的小木屋里。有的时候是托德探望她，男子大步走过云杉林，抬头挺胸，像百灵鸟一样唱着歌。其余的时候则是奥拉夫从林中急急走出，黑眼睛里闪烁着兴奋的光芒，唇边挂着诡秘的微笑。这俩人要是在路上碰见了，准会目不斜视地擦肩而过。有时候我会认为，他们二人对彼此的憎恨甚至比他们对卡伦·嘉宝的爱意要来得更强烈。

卡伦被谋杀的那天晚上下了一场大雪……

第二天一早，邮递员克努特·拉森发现她倒在小屋敞开的门边，一把刀直插心脏。作为列文代尔唯一的医生，我被警方传唤前去做了检查。尸僵程度和测温证明，那姑娘至少已经死亡了12小时。在刚形成的雪地上，只有一组警方难以确定的脚印——单只鞋印与深深的点坑交替出现——这是一条木腿留下的印记特征。

鞋印与奥拉夫·金克被警方传唤时穿着的左靴底吻合。他们在教堂的院墙脚发现的那把半埋在雪中的匕首，毫无疑问，也属于他。光滑的骨头刀柄上有指纹，是奥拉夫的，而且*只有*奥拉夫的指纹。

六周之后，奥拉夫仍然坚称自己清白无罪，却被定罪为谋杀。咱们国家没有死刑一说，于是他被判处了终身监禁。

托德·詹森滑雪发生事故的时候，奥拉夫已经服了大约三年的刑。托德被送回来的时候已经命悬一线。我尽我所能地缓解了他的疼痛，在明白已经无力回天之后，我便转过身，打算悄悄离开他的房间。走到门口时，我听见了他微弱但焦急的声音，叫我回到他床边。于是我坐了下来。

“医生，”他低声道，“请和我待一会儿，我有事想和您说。”

“好，你说。”我轻轻说。

“是关于奥拉夫·金克和……和答应嫁给他的那女人的。我是说，当然是，可怜的卡伦·嘉宝。”

“卡伦！”我忍不住惊呼出声，“可她死后第二天，你跟警察说她接受的是*你*，托德。他们当时在寻找作案动机。现在你是在说我们都搞错了吗……并*不是*嫉妒驱使奥拉夫谋杀了她？”

“奥拉夫没有杀她，”托德小声道，“他是屈打成招。*卡伦·嘉宝是我杀的*！”

“你？”

“是的，当晚探访她并朝她心脏捅了一刀的人是我。”

“但……但这不可能！”我仍坚持，“所有的证据都指向奥拉夫才是那个戴罪之人。那是*他的*刀。刀柄上是*他的*指纹。雪地上是*他的*脚印。最重要的是，他的木腿留下的点坑是破案的关键。鉴于奥拉夫是列文代尔唯一一个装了木腿的人……”

托德哑着嗓子打断我的话：

“奥拉夫·金克是无辜的。您必须敦促他们释放他。我活不了多久了，所以请您，医生，把我接下来要说的话听真一点……

“过去这三年里，一想到奥拉夫正在受苦受难，我的良心就怪不好受的。我必须在我死前让他沉冤昭雪。卡伦真正爱的人是他。在她身亡的那天早晨，奥拉夫去了她的小屋，并带着她的婚约离开。当晚我到小酒馆的时候，所有人都知道了，在经历过两年的犹豫不决后，卡伦最终选择了奥拉夫·金克……

“我被这个消息惊呆了……都不知道自己在说什么或是在做什么。奥拉夫也在场，正与他的朋友们一起庆祝。他已经喝醉了，瘫在椅背上，话都说不利索……但他的眼神，似乎在无声地嘲笑我，向我耀武扬威。然后我头脑里的什么东西似乎脆断了……

“有个念头像火线一样在我的脑海中划过。如果我娶不到卡伦，那谁都别想——尤其是奥拉夫·金克。我一言不发地等待着，直到他离开小酒馆。于是我也悄悄地开溜，尾随着他。如我所料，他在街上走了没多远，就倒在了教堂院墙的黑影里。我上前几步摇了摇他。但他只是匍匐在那儿一动不动，醉得睡着了。新雪上的月光很亮。我意识到，要穿过树林去卡伦家易如反掌。当晚的早些时候，我注意到了奥拉夫腰带上的猎刀。我用戴手套的手将刀从鞘中取出塞进自己的口袋里，然后蹲下身解开他有且仅有的一只靴子。

“一切都是如此简单且顺理成章，我无懈可击地完成了我的复仇。半个多小时后，卡伦·嘉宝咽气了，靴子也回到了奥拉夫的左脚上。他仍然毫无知觉地躺在影子里，我把沾满血渍的刀插到离他一米多之外的雪地里，特意将刀柄露出来，确保能被人看见。接着，我神不知鬼不觉地回到家，等待水到渠成。

“次日，警察来询问我，我发誓奥拉夫在小酒馆对朋友们撒了谎。他知道卡伦已经接受了我的求婚。他能知道的原因很简单，因为是我当天下午直接告诉他的。他当晚之所以会去酒馆，并非为了庆祝自己的好运，而是借酒浇愁。当然，他们相信了我。谁会不信呢？难道我的解释没有提供一个显而易见的谋杀动机吗？”有那么一会儿，向我讲述那令人震惊的故事使托德精疲力竭，他喘了一会儿，然后上气不接下气地接着说道：“奥拉夫出狱之后会需要钱。快，医生，我的书桌里有纸笔。您能帮我代写一下吗？就写……‘将我所有的财产留给奥拉夫·金克。’趁我还有力气，让我赶紧把名签了。”

“可是，托德！”我困惑不解地大声说道，“你说的这个故事怎么可能是真的呢？你解释了刀和刀柄上的指纹。但一只鞋和奥拉夫的木腿留下的点坑——怎么解释呢？”

“有人告诉我，”托德虚弱地说，“奥拉夫在卡伦被害那天晚上穿的那只靴子如今陈列在奥斯陆的犯罪博物馆里。”

“是的，”我点点头，“没错。我亲眼见过。”

“那您一定要再去看一次，医生，因为那只靴子将成为打开奥拉夫牢房的钥匙，让他重获自由。您会在那只靴子的鞋底发现三个小洞，钉子扎出来的洞。”

“可是为什么？我不明白。”

我看得出来，他的意识已经开始模糊。

“高跷，”他说，“我还是个孩子的时候……我就……很会踩高跷。所以非常简单，医生。那晚我需要做的就是，用钉子将奥拉夫的靴子固定在我左脚的高跷上。另一只脚，你也看到了，踩在雪地上……就像有一条木腿一样……”

云雀小舍疑案

约翰·宾厄姆

约翰·迈克尔·沃德·宾厄姆（John Michael Ward Bingham），克莱尔莫里斯伯爵七世（1908~1988），出生于一个贵族世家，在做过一段时间的记者后，他被麦克斯维尔·奈特招进军情五处。他的一位名叫大卫·康威尔的年轻同僚，被宾厄姆在小说创作方面的成功所启发，自己也成为一名小说家，他的笔名叫约翰·勒卡雷。勒卡雷在后来承认，宾厄姆是他笔下最著名的人物——间谍乔治·史迈利——的主要灵感来源。

毫无疑问，宾厄姆是位体制中人，然而他的侦探小说处女作《我叫迈克尔·西布莉》（1952）却是讲述当一位与小说的叙事者——西布莉——有过节之人死亡后，警方的调查边界越发扩张无度的讽刺小说。随后他又写了《五个环岛外的天堂》（1953，又名《温柔的投毒人》），半个多世纪之后被改编成一部片名糟糕的好电影，名叫《婚姻生活》。《恐惧的碎片》（1965）是一部扣人心弦的心理悬疑小说，也于1970年被改编为电影，由大卫·汉明斯和盖尔·亨尼克特主演。从此之后，宾厄姆作为侦探小说家的发展似乎显得后继乏力，尽管他的书仍一如既往地保持了可读性。宾厄姆这则罕见的短篇小说首发于《伦敦新闻画报》1954年的圣诞专号上。

天气糟透了。断断续续地下了好几天雪，但在过去的几个小时里，温度却骤升，寒气散去，雨水随之而来，成团的积雪被打散，伴随着轻柔的沙沙声从围绕在屋子三面的小灌木树枝上坠落。

布拉德利在小门对面黑蒙蒙的树影里熄灭发动机，走到门前，见到上面“云雀小舍”的镌牌，同时也看到柔和的台灯光透过前厅窗帘的缝隙透射出来。

太阳已经落山两个小时了，风势渐起，寒气横扫过荒原，驱赶着前方的雨水，直扑村舍所在的小山谷。

布拉德利拉开门闩，走上小径，敲响房门。等了一会儿，他没有听见任何动静。然后有了脚步声，但并没有朝大门走来。他听见他们经过门前，然后开始上楼，楼梯没有铺地毯。

他站着凝神细听，听见了屋檐的滴水声。突然一阵疾风骤雨，更甚于前，他竖起了雨衣的领子。

突然之间，他头顶上方的一扇窗户被打开，阵风消失了，在寂静中响起了一个女人的声音：

“谁在那儿？你想干什么？”

“您不认识我，”他答道，“很抱歉打扰您。”

“你是谁？”

“您不认识我，”他又说了一遍，“我叫约翰·布拉德利，这对您来说恐怕毫无意义。我迷路了，现在车子又出了问题，离合器松得厉害。我看到您屋里接了电话线。要是能借用一下的话我将感激不尽。产生的电话费自然由我承担。”

他说话的时候仰着脸，能看清她黑暗中的苍白面孔，透过半开的花格窗俯视着他。她沉默片刻，然后开口说道：

“等一下，我这就下来。”

他听见她关上窗户，楼梯上重又响起她的脚步声，以及开门的声音。

他跟在她身后走进小门厅，然后进入客厅。屋里的风格怪异，既有坚固耐用的深色橡木家具，又有现代风格的廉价小玩意。

远处角落里有一棵小小的圣诞树，显然是从花园里挖出来的，栽在一个红色的陶土花盆里。一个大约十岁的小姑娘正用一些亮银色彩条装饰着它。他进来的时候，她手里正拿着一个卡纸做的圣诞仙后，上面还涂着一些闪闪发光的银色物质。

她的发色很浅，面色苍白，严肃且疑虑地看着他，她的动作也凝住了，仿佛准备好一听到严厉的词句就立刻扔下一切逃跑。

她不快乐，布拉德利想到，瘦弱且忧郁，而且不是特别健康。他大声说：

“你的圣诞树真漂亮。”

有那么一瞬间，孩子的脸上闪过一抹暖意，灰色的眸子也亮了，似乎就要开口说话了。接着，在女人说话的当口，孩子改变了主意，脸上又恢复了此前的审慎表情。

“电话在窗台上。”

布拉德利转过身来，打量起这个女人。她大约35岁，身材高挑，肤色蜡黄，深色的头发和眼睛，头发紧贴着头皮从额头向后梳起。她的五官周正，要不是因为她极瘦，而且脸上总是带着严厉怨恨的神情，他会认为她在这个年纪还是很美。布拉德利说：

“斯堪代尔就是离这儿最近的城镇了吧？您能推荐一家那里的修车库吗？”

她摇摇头，“这个点了，没人愿意出来的。”她停下，又补充了一句，“我甚至怀疑现在是否有车库还开着，在那么一个脏地方。”

“您不是附近的人？”

她再次摇头，说：

“我是布莱顿人。”

布拉德利说：“那您一定会发现这里有些不一样。”可她压根没在听他说话。她板正地站着，脑袋微微倾斜，仿佛在听什么动静。她的脖子，她的手臂，她的双腿，她的整个身体都是僵硬的。布拉德利扫了一眼她的双手，只见她的拳头攥得紧紧的，贴在身侧。

孩子则不同。

孩子的脸突然变得红彤彤的，兴奋了起来。她不再试图将仙后固定到圣诞树顶，而是将脸转向窗户，朝向屋外和花园小径，一般人都会经过那扇门走近小屋。她说：

“你听见什么了吗，妈咪？”

这个问题似乎打破了紧张，女人厉声说道：

“朱莉娅！你要么继续装饰圣诞树，要么就去睡觉——二选一。”

孩子回过头继续拨弄起圣诞树，但几乎是立刻，又将脸飞快地转向了窗户。

布拉德利也听到了大门的咔嗒声。女人亦然。声音在风的间隙传来，所以当女人说是风吹出来的响动时，压根没人相信她。孩子跑到窗边朝外看，她将窗帘拨开，向夜色里张望，她跪在窗台上，鼻子贴上了窗格。布拉德利说：

“或许您在等人？好吧，不打扰您了。我这就走。离合器或许还能再坚持两三公里，剩下的路我步行。我想门口的这条路通往前去斯堪代尔的主干道吧？”

女人看向窗户，也看向孩子。布拉德利心想：孩子急不可耐，满怀期待，但这位母亲却在害怕。最后她开口了：

“去斯堪代尔至少要十几公里。你还是留下来好了，布拉德利先生，明天在路的顶头搭早班车过去。我可以让你借宿一晚。”

“可您要是在等人的话……”

“没人要来。”

窗台那边传来一阵窸窸窣窣的动静，名叫朱莉娅的孩子转过来带着哭腔说：

“可是，妈妈，无线电里说……”

“朱莉娅！过来，你该睡觉了。”

她来到窗边，牵住孩子的手，将她从窗台上急急地拉下来朝门口走去。她在门边顿了一下，接着说：

“欢迎你留下来过夜。朱莉娅和我睡一间房，我会把小房间里的床给你准备好。”

布拉德利捕捉到了她声音中紧张甚至是有点急切的语

气，知道她是希望他留下来的，也知道她很害怕，希望他留在屋子里做个伴。她如此惧怕，甚至尚未吐露她究竟在害怕什么事——或是什么人。

“好极了，”他温和地说，“我很乐意留下。您真善心。”

他目送她领着孩子走出房间，听见娘儿俩上楼梯，说话声从楼上房间里传来，女人在尖声责骂，孩子的声音则期期艾艾。他赶紧冲向窗边，朝外查看。

屋里的光亮被雪反射，所以他能够朦胧地看清花园、小路和大门。但全无人迹。

他本来也没指望能看见任何人。

他点燃香烟，慢慢地在屋里转悠，漫不经心地看着火炉旁书架上的书，还有粉刷过的墙上的廉价水彩画。

窗边的一张桌子上有个小银盘。他拿起它，看了看盘中央的铭文，无懈可击的手写体与它的内容显得并不相宜：

弗雷德·肖新婚志禧

磨坊工友齐贺

他放回银盘，注意到那些平价的瓷器装饰品和胡桃木的钟。浅色橡木框里有一张男子的相片，他面容丰润，金发稀疏。底部右下角写有：“赠露西，莱斯利致以爱意。”

他继续闲步，寻找着他明知不会找到的东西：寻常的婚礼照片，弗雷德和露西·肖夫妇的结婚照片。

没有找到照片，他一点都不惊讶；家中没有发现一丝一毫弗雷德·肖的痕迹，他也毫不意外，除了那个银盘，而那个盘子，毕竟还值点钱。

毫无痕迹，直到他来到放在深色橡木餐具柜上的报纸旁。他看见一条横跨双栏的标题，读到关于弗雷德·肖的内容，以及守卫和警察如何在乡间搜查他。

弗雷德·肖，42岁，从朗佛斯监狱越狱。

杀人犯肖，因内政部长称其“尚有一点存疑”，被赦免了死刑，判处终身监禁，目前还剩百分之九十的刑期。

肖，前督察，在斯堪代尔是个受尊敬的人物，每年会喝醉个一两次；与此同时，他与做珠宝商的叔叔关系恶劣也是广为人知的事实。

善良的老弗雷德·肖，无论如何都解释不了自己的帽子和笨重的黑刺李手杖怎么会出现在珠宝商遍体鳞伤的尸体旁——甚至还有那些据称被他所盗的钱财究竟去了哪里。

布拉德利听到楼梯上响起了脚步声，赶紧放下报纸。动作太匆忙，他刚转过身，大张报纸就沿着抛过光的餐具柜边滑落了下来。当露西·肖走进房间见到躺在地板上的报纸时，说：

“我猜现在你都知道了？”

“是的，”布拉德利说，“我都知道了。”

已经无须再掩饰了，她站在壁炉跟前，双手交揉，拿惊慌失措的眼睛盯住他。一个高大憔悴的女人，有一对丰满肉感的嘴唇。她脸上严厉的神色消失殆尽。他看到她的嘴唇在颤抖。

“你在害怕什么，肖夫人？”布拉德利问道。

“我不害怕，我一点都不害怕。我有什么好害怕的？”

“这正是我想问的。”布拉德利说。他朝门走去，并说，“我去车里拿行李。”

他走进门厅，出了前门，走下花园小径到车边。她听到他关车门的响声。回来的时候，他在前门附近停下了脚步。他进屋放下行李。

走进客厅的时候他说：

“你能出来一下吗？”

她转过身盯住他。

“为什么？”

“你的丈夫——我是说，肖先生常用手杖吗？”

“他一直用手杖——几乎不离手。以前磨坊出过事故，他略微有点瘸。怎么了？”他没有回答，只是一言不发地看着她。她又大声重复了一遍，声音几乎刺耳，“怎么了？”

“你出来一下。”布拉德利又说了一遍，并在他的风衣口袋里摸索着找手电筒。她走进门厅，站在前门边上犹豫的时候，他说：“来吧，没事的。我和你一起，我一米八呢，也挺健壮。”

这会儿风小了，雨还在下，但很轻，悄无声息，更像是荒原上的雾气。

雪的表层变得柔软，但积雪仍然很深，因而屋子周围的脚印都在手电筒的光照下显露无遗，同样清晰的还有脚印左侧的小圈洞。

“我猜他是左撇子。”布拉德利更像是在自言自语，然后看到她几乎难以察觉地点了点头。他将电筒的光调亮了一点儿，然后说：“知道他是怎样转身朝屋里窥视的了吗？我猜他看到了我和你还有朱莉娅在里面，他可能是在等我离开，然后他好进屋，和你待上几个小时，说不定还会再带一点衣服和钱离开。”

他听到身边有动静，回身查看，才发现她已经回屋了。

当他也回到客厅的时候，她正蜷缩在火炉边的椅子上，蜡黄的脸已经转为煞白。她抖得跟筛糠一样。

布拉德利说：“我想我还是走吧。因为我的缘故，他在夜里淋着雨。抓逃犯是警察的工作，不是我的。我曾经做过战俘，因此对他们有一种恻隐之心。天可怜见的！”他轻声感叹了一句。

可她跳了起来，抓住他的双臂厉声说：“你不能走！请你不要走！”她想到了什么，便又轻声补充道，“在大门咔嗒响之前，你还记得吗？孩子和我听到了动静。我觉得那是他的手，或许是他的指甲敲在窗格上的声音，他在从窗帘的缝隙朝里看。”

布拉德利说：“我要走了，除非你告诉我你害怕的是什么。”

他将她推开，她站到壁炉边。过了一阵，她说：

“他认为我应该在他受审时再帮他一把。他说谋杀发生时他和我在一起，而我也应该这么说。

“可他并没有和我在一起，所以我不能这么说，对吧？毕竟我是宣过誓的，不是吗，布拉德利先生？”

“没错，你宣过誓。”

“所以我不能做伪证，对吧？我是说，这样不对，没错吧？”

“男人不会因为女人*没有*做某件事而杀了她，肖夫人。”他扫了一眼炉膛，“火快熄了，屋里也没有木头了。木头都放在哪儿？”

她抬头望向他，眼里满是恐惧，说：

“在后门外的小棚子里。我没法儿出去取木头。我不能单独去那儿。”

“我来拿。你跟我一起，给我指个路。和我一起走到厨房门口就行。”

他打开厨房门，她站在他身边，指了指几米开外的小棚子。雨还在无声无息地下着。某处的水汩汩地流向下水道。除此以外，不论是压到了屋顶上的树木还是后门几米外发亮的灌木丛中，俱是寂静无声。

他打开手电筒，先照了照小棚屋，然后是灌木丛。他向前走了一步，可灌木突然剧烈摇动，雪从枝条上掉落，他停下脚步。

他听到身后的露西·肖倒吸一口凉气，又啜泣了两声。

“可能只是一只兔子。”布拉德利说，朝灌木丛走去。他拿手电筒照了一下灌木，就朝小木棚走去，集起一整篮锯好的木头，回到厨房来。

露西·肖就站在那里看着他，既不敢单独回屋里，也不敢和他一起走进夜色。她不停用手捋她已经梳得很光滑的头发，紧张，不安，用她那双瞪大了的黑眼睛盯着夜色中的他。

突然传来一声窗玻璃碎裂的脆响，客厅的窗户碎了。她转身尖叫，布拉德利冲进屋里，孩子也被吵醒了。布拉德利听到她在叫唤：“妈妈！妈妈！那是什么声音？”

布拉德利单手抱篮，另一只手将露西·肖推进屋里，并急切地低声说道：

“告诉她是我摔碎了一个花瓶！快去，就这么说！”

女人照做之后，他们走进客厅，看见满地的碎玻璃中有块包着纸的石头。布拉德利将它拾起，展平，只见用大写字母写着一个词：*荡妇*。他将纸片递给露西，说道：

“他好像对你评价不太高啊，是吗？”

窗帘在窗户的破洞前翻飞。布拉德利将木头掷在炉火旁，突然说道：

“我受够了！我走了。你自己跟他解决吧，不关我的事。”

她扑向大门，面如土色，站到门前，挡住他的去路。

“你不能把我一个人留在这儿！”

“谁不能呢？”布拉德利心里反问道，看着窗帘被一阵风鼓起，飘进屋里。

“警察在哪里？”露西·肖倒吸一口气，“他们首要的任务就是派人监视逃犯的家吧？”

布拉德利指指电话。

“给他们打电话，告诉他们。问他们在哪儿。”他说，“去吧，给他们打电话。”

她跑到电话旁，拎起听筒，凝神听着。几秒钟过去了，布拉德利说：

“也许电话线被雪压断了，也有可能被他切断了——谁知道呢。书里都是这么做的。”

一分钟后，有接线员应答了。露西·肖屏住呼吸几秒，努力让自己的声音不再颤抖。然后说道：

“我要找警察！让警察过来！我是肖太太，橡园路云雀小舍，就在斯堪代尔-托布鲁克路的旁边。告诉他们，非、非常紧急！我有生命危险！我的——有名逃犯——杀人犯——试图进入我家！”

她放下听筒，目不斜视地看着布拉德利。他瞥了一眼手表，说：

“他们应该能在半小时内赶到，最多45分钟。在他们抵达之前，你是安全的，我相信。”

他朝门口走去。

她没有动，不相信他真的会走。

“这不关我事。”他再次指出。当她抓住他开始啜泣，他又说道：

“别犯蠢了。他不会因为你没有替他做伪证而杀你的。他甚至不会因为你和这个胖脸金发男人调情而杀你。”他指指壁炉架上的照片。

“或许他会蒙住你的眼睛，或许他甚至都不会这样做，一旦他进了屋，就会被你所吸引。男人在这方面是很奇怪的。”

但她紧紧握住门把手，憔悴又其貌不扬。她的黑发现在已经变得凌乱。他试图移开她的手，她猛地扑向他，把他推离门边，并且说：

“比那更糟。早在他叔父被杀之前，他就知道莱斯利和我在谈恋爱了。”

“那又怎样？”布拉德利边说着边再度朝门走去。

“你这个傻瓜！”露西·肖喘着粗气说，“你还没明白我要告诉你什么吗？莱斯利，莱斯利·邦德，弗雷德公司的销售，杀了那个老人，偷走了钱，并栽赃给我丈夫弗雷德·肖——而且我知道是他干的！”

“那现在呢？”布拉德利温和地说，“那与我何干呢？”

“是我把弗雷德送上法庭的，我还想让他为此送命——而且他也心知肚明。所以如果你在警察来之前就走了的话，他一定会杀了我的。”

“真妙啊！”布拉德利盯着她说，“那你的朋友呢，他在哪儿？”

“他出国了，说等案子结束他就会回来。”

“他会吗？”

“不！”露西·肖苦涩地说。

“至少不情愿！”

她说话的声音陡然升高，近乎是尖叫了。布拉德利看到她的脸上泛起仇恨，将嘴唇紧紧地抿成了一条线，心知离结果不远了。

“他在哪儿？”他突然问。

“在澳大利亚墨尔本，等警察来了我他妈的一定要告诉他们！”

“你事后可能会被控为同谋。”

“管他呢！”露西·肖喊道，“我才不会为了救莱斯利·邦德在今晚或是20年后送命。我才不在乎谁知道！”

布拉德利面无表情地说：“如果你是这样认为的，而且既然你愿意做证，我这会儿不妨告诉你，警察已经到了。”

露西·肖环视四周：“哪里？”

“在这里。”布拉德利说，并将手伸进雨衣口袋，拿出了他的逮捕证。再开口时，他的语气几乎立刻自动恢复成了例行公事，“我是苏格兰场的布拉德利警司。我相信伍德警长也一直在被砸碎的窗口外面听着。你要是愿意做份书面陈述的话，我这里有几张大页纸和钢笔。

“然而，我必须提醒你，你没有义务这样做。从现在起你的所有言行或是任何书面陈述都将成为对你不利的呈堂证供。或许我应该再多说一句，大约三小时前，你的丈夫在距离监狱几公里的地方已被捉拿归案。”

“你四处乱窜，擅进民宅，伪造脚印，打碎玻璃，”布拉德利警司后来对伍德警长说，“我通过恐惧和计谋来诱供，咱们今晚在云雀小舍所犯下的罪行足以填满一沓起诉书了。

“有意思的是，对那桩案子我始终心存疑虑，尽管我确实收集到了将弗雷德·肖送上被告席的证据。幸好她没有出席庭审，所以不认得我。”

他装满烟斗，补充说道：“能回到父亲身边过圣诞，那孩子会很高兴的。我猜她恨她母亲。换成是我的话也会恨她的，如果事情真到了那一步。”他边说着边划亮火柴。

“我也是。”伍德警长说，“我都冻僵了。”

功亏一篑

朱利安·西蒙斯

朱利安·古斯塔夫·西蒙斯（Julian Gustave Symons，1912~1994）是20世纪下半叶英国推理小说界的一位重要人物。除了是一位备受推崇的诗人、历史学家和传记作家，他还是一位敏锐的推理小说评论家。他研究侦探小说之变革的著作《血腥的谋杀》一共出版过四版，条分缕析又流畅好看。西蒙斯担任过英国犯罪作家协会的主席，后来又做过侦探俱乐部的主席。不仅如此，他还获得过两项业内极具分量的终身成就奖：英国犯罪作家协会的钻石匕首奖和美国推理作家协会的大师奖。

作为一位小说家，西蒙斯凭其1957年的《谋杀的颜色》获得过英国犯罪作家协会的金匕首奖。然而，虽然有诸多奖项加身，但非常遗憾，他的小说现今还是被严重低估了。有一部分原因可能是他反感系列侦探故事，尽管有那么几个人物，比如律师马格努斯·牛顿、演员谢里登·海恩斯在他的小说里出现过不止一次。他对某些经典侦探小说的评论（比如他将约翰·罗德之流的小说斥为“乏味”）掩盖了他自己的推理小说往往独具创新的事实，其中就包括1972年的《玩家与游戏》和1973年的《构陷罗杰·莱德》。他早期以调查员弗朗西斯·夸尔斯为主角的短篇小说以精妙的反转见长，尽管到了后来，他的短篇小说逐渐更为注重心理悬疑。本篇故事收录在1965年1月的《埃勒里·奎因侦探杂志》里。

“美好的早晨，奥利芬特小姐。我出去散会儿步。”

“好得很，佩恩先生。”

罗西特·佩恩先生穿上他上好的麦尔登粗呢外套，将圆顶礼帽从帽架上取下，仔细地刷了刷，然后戴上。他透过一面小镜子查看仪容，然后对所看到的样貌赞许地点点头。

他是个50岁出头的男子，但说40岁也有人信，他的肩膀还是那么板正，腰背依旧笔直。帽檐下方露出修剪得当的灰白鬓发。他看起来像位退休的警卫队军官，可事实上，他与军队的交集仅限于一位被开除军籍的叔父。

走到门口时他停下脚步，眼睛亮晶晶的：“可别让任何人趁我不在的时候偷货，奥利芬特小姐。”

奥利芬特脸红了，这是一位人至中年的瘦小的老姑娘，她钦慕佩恩先生。

与她说话的时候他摘下了帽子，现在他将帽子重新扣回头上，带着不无赞赏的神情打量了一眼自己商店的弓形橱窗，上面陈列着几套配有说明的经典作家集，上方有小巧的铭文——书商罗西特·佩恩，首版图书与手稿专家。然后他踏上新邦德街，朝牛津街走去。

在新邦德街的顶头，他遵循每周五天的惯例，在街角的小摊前停下脚步。老妇人将康乃馨插进他的纽孔。

“距离圣诞节只剩14个购物日了，尚克利夫人。我们都得考虑一下了，你说对不对？”

一张十先令的纸币递到她的手里，而不是平常的半克朗。他将疑惑道谢的她留在身后。

今天是12月里的完美天气——干冷，阳光明媚。牛津街穿戴上了节日的装饰——巨大的金币银币上悬着成串的珍珠、钻石、红宝石与绿宝石。下午亮灯后，它们看起来都美极了，尽管对于佩恩先生的高雅品位而言，还是稍显花哨了一点。但是，它们仍然自带某种具有象征性的感觉，他朝它们露出了微笑。

的确，没有任何事物可以搅乱佩恩先生的好心情——无论是人行道上拥挤的人群，还是惯常的交通拥堵，似乎都让他心情愉悦。他一直走到一家大商场的门口，上面有巨大的字母写着：奥氏百货。这几个字母在彩灯的辉映下显得更加突出，而彩灯本身也装饰着圣诞树和冬青花环，还有七个小矮人的造型，它们都被点亮了。

奥氏百货位于街角，可以由此拐进相对僻静的杰西特路。佩恩先生再一次照着老规矩，穿过马路，走下几层台阶，进了一家独一无二的店——丹尼鞋行。在这间半地下室里，坐在特定的宝座上，透过小窗可以看到过往行人的下半身。丹尼和两个跟他差不多年纪的助手，坐在这里擦了差不多快三十年的鞋。

丹尼的脸皱得像皮革，布满了皱纹，但眼神依旧不错。这会儿他在佩恩先生面前跪下，将他的裤脚翻上去，开始将已经很亮的鞋子擦得更亮。

“可爱的早晨，佩恩先生。”

“你从这里可看不到多少。”

“比你想象的多。你看人行道，如果不是星星点点，那你马上就知道这会儿不在下雨。然后人们走路的样子也有说法，您懂我的意思，就像空气中弥漫着圣诞节的气息。”佩恩先生包容地笑了。这时候丹尼的表情带上了几分责备，“您怎么还没把那双黑鞋送过来，先生。”

佩恩先生轻轻皱了皱眉。一周前，他差点被一辆自行车撞倒，自行车的挡泥板将他脚上的一双鞋狠狠地蹭了一下，皮子被割坏了。丹尼自信可以修复好割痕让人看不出来，佩恩先生则表示怀疑。

“我会把它们送来的。”他含糊地说道。

“越快越好，佩恩先生，越快越好。”

佩恩先生不喜欢谈论那次交通事故。他给了丹尼半克朗小费，而非原本计划给的十先令，并再次穿过马路，走进奥氏的侧门。这家商店明言自己是“伦敦最好的百货商店”。

商店的这一端很安静。他上楼，经过一楼的杂货部和二楼的烟酒部，来到三楼的珠宝部。这个部门一般不会有很多人，但今天在一个正在做讲演的男子身边围起来了一小群。售货部入口处的一个指示牌上写着：“俄国皇室珠宝。经莫尔多–立陶宛大公及大公夫人善意授权，展出两周。”

这不是革命时被革命党夺走的御宝，只是被大公夫妇带出来的较次的收藏。他们早已是生活在新泽西的普通人，改名为斯堪多斯基夫妇，眼下正在英国访游。

佩恩先生对斯堪多斯基夫妇并无兴趣，对讲演说得磕磕绊绊的商场主人亨利·奥尔宾爵士也不甚在意。他感兴趣的，只有那些珠宝。演讲结束，他混入人群，在几乎位于房间正中的展台边围成一圈。

皇室珠宝摆在天鹅绒底座上——一顶看起来重得没

法戴的皇冠，一些钻石项链和手镯，一组钻石和绿宝石，还有其余十几件珠宝，每一件都用优雅的字体撰写了有关其来源与历史的介绍。佩恩先生并不将这些珠宝视为过去的浪漫遗物，也不允许自己将它们视为美物。他将它们视为自己的圣诞礼物。

他目不斜视地走出商场，自然也就没留意到一个脸上长满粉刺的年轻店员冲上前来为他开门。他走回自己的书店，嗅着12月尖冷的空气，又与奥利芬特小姐开了一个玩笑并告诉她可以去吃午餐了。在她外出用餐的一个小时里，他向一个美国人售出了一套名叫《珠宝盒》的维多利亚时期杂志。

这似乎是个好兆头。

过去的十年间，佩恩先生在一些愚钝之人的协助下，成功地策划了六起珠宝抢劫案。他相信，自己之所以一直没被发现，一部分得益于他计划之巧妙，一部分也是因为他经营着完全合法的图书生意，还有一部分原因也是他只在缺钱的时候才违法。他对女人没什么兴趣，过的基本是苦行僧式的生活，但他确实有一样恶习。

佩恩先生总结了一套轮盘赌的下注方式，比近乎无懈可击的弗兰克-科尼格法更为完善，并且每年他都会去蒙特卡洛试行自己的下注体系。几乎每年都以失败告终——或者说，它暴露了某些不完美之处，有待他日后完善。

为了维持他那万全的系统，佩恩先生从卖书转向了犯罪。他相信自己在某种程度上堪称当代犯罪界的一个幕后主谋。

他的那些同伙可就差远了，他在见到他们的那一刻就知道了。在看过皇家珠宝两天之后的夜晚，他在书店楼上舒适的小公寓里与他们会面，那里有一个通往小巷子的侧门。

他们是：斯泰西，人如其名，是个长着蒜头鼻的恶棍；一个穿着紧身套装的瘦弱年轻人，名叫杰克·莱恩，常被人叫成“直线”或是“一根筋”；还有一个莱斯特·琼斯，就是珠宝部里那个长粉刺的店员。

佩恩先生用他那迂腐的甚至带点学究气的态度告诉他们如何实施抢劫时，斯泰西和“一根筋”坐在那里喝威士忌，佩恩先生自己小口啜饮了一点上好的雪莉酒，莱斯特·琼斯则什么都没喝。

“你们都知道该怎么做，但让我告诉你们它值多少钱。以目前的形态来说，这套藏品的价格无论如何都能让你们提起兴趣的——大约值25万英镑。不过没有确切的市场价。但可惜了，它们必须得拆开来卖。我的朋友认为价格将在5万英镑左右。不会更少，但也多不了。”

“你的朋友？”珠宝店员怯怯地问。

“帮忙销赃的人。兰比，是吗？”说话的是斯泰西。

佩恩先生点头。“好吧，我们怎么分？”

“这个我等会儿会说。现在，有这么几个难点。第一，每层都有两个店面侦探，我们必须保证三楼的那两个不在珠宝部。第二，有一个叫戴维森的美国人，他的工作就是盯住珠宝。他是安保代理派来的人，很有可能会配枪。第三，珠宝都放在一个玻璃展示柜里，除了与之匹配的钥匙，任何试图开柜的行为都会触发警报。钥匙保管在珠宝部经理的办公室里。”

斯泰西站起身，摇摇晃晃地走到威士忌酒瓶旁，又给自己倒了一杯。“你哪儿得来的这些消息？”

佩恩先生露出一个微笑：“莱斯特就在珠宝部工作，他是我的一位朋友。”

斯泰西轻蔑地看了一眼莱斯特，他不喜欢业余的。

“让我继续告诉你们如何克服这些困难。首先，那两个探子。我们假设在三楼珠宝部的另一头，就是皮草部那里埋一颗小型燃烧弹，那肯定会占用一位探子几分钟的时间；假设在皮草部隔壁的女帽部，有位女顾客抱怨自己遭贼了，这就肯定会将另一位探子牵扯进去。你能安排一下吗，斯泰西？这些助手——我能这样称呼他们吗——直接拿钱办事。他们必须在一个准确的时间点转移大家的注意力，我将时间定为早上的十点半。”

“好的，”斯泰西说，“包在我身上。”

“下一个，戴维森。如我所说，他是美国人，而且莱斯特告诉我，他家里这几天随时可能会传来添丁的好消息。当然，他将戴维森夫人留在了美国。现在，假设来了个电话，当然啦，是一家美国医院打来的，要找戴维森先生。假设珠宝部的电话因为线被剪断了所以无法使用，戴维森先生肯定会离开几分钟，也不会太久，但够我们用了。”

“谁剪电话线？”斯泰西问。

“那将是莱斯特的任务。”

“谁打电话？”

“还是你，斯泰西，我希望你能够提供……”

“我可以做，”斯泰西将威士忌一饮而尽，“但你做什么呢？”

佩恩先生并不厚的嘴唇抿成了一条不悦的直线。他通过邀请他们看两张地图来回答这个暗含批评之意的问题。一张是整个三楼的平面图，另一张是珠宝部内部的平面图。斯泰西和“一根筋”都对如此细致的谋划大感震惊，没怎么受过教育的人总是这样大惊小怪。

“珠宝部位于三楼的一端，只有一个出口——进入地毯部。有一部员工电梯可以直达珠宝部。你和我，斯泰西，到时候就在电梯里。到时候我们用紧急停止按钮将它停到楼层之间。10:32，我们进入三楼。莱斯特会给我们一个信号。如果一切顺利我们就行动，如果不是，我们就取消行动。现在，我提议……”

他说，他们听，并且非常认可。佩恩先生很高兴地发现，即使是愚钝之人也能辨认出天才。他告诉“一根筋”他所要扮演的角色。

“我们必须有辆车，莱恩，以及一位司机。他要做的很简单，但他必须保持镇定。所以我想到了你。”莱恩莞尔。

“在杰西特路上，就在奥氏的侧门外，有一个专供奥氏顾客使用的停车场。那里几乎从未停满过。但如果停满了，你也可以和别的车并排停上五分钟——别的车也经常这样。我觉得你应该有那能力，为这件事搞辆车来吧？你将驶离牛津街，然后花上几分钟的时间将车开到位于格林利街的兰比家。在那里你放下斯泰西和我，再继续开一两公里，然后弃车。我们将东西交给兰比，他当面付钱。然后我们分钱。”

接着他们开始争论到底怎么个分法。争论热烈，但并不激烈。他们最后说定斯泰西拿全款的四分之一，“一根筋”和莱斯特两人平分四分之一，剩下的一半归主谋。佩恩先生同意从自己的份额里拿出150英镑给斯泰西，用于他声称所要支付三个“群演”的酬劳。

任务提前六天便确定停妥——他们定于下周二正式行动。

斯泰西有两个缺点使他在这行里很难做得更大。一个是他喝太多，另一个是他太蠢。他努力控制自己不喝多，因为他知道自己一喝醉就会乱说话。所以他甚至没有告诉妻子自己的这桩买卖，尽管她是个很可靠的人。

可他还是忍不住在钱上做手脚，佩恩已经将钱全额给了他。

燃烧弹很容易，斯泰西找到一个叫施林普・贝特森的小个子，和他敲定了燃烧弹的事。没有任何风险，而且施林普觉得自己获得的25英镑报酬不菲。燃烧弹本身只花了5英镑，是从一个搞五金的朋友那里弄来的。保证只起一点火，并不会有什么严重的情况发生。

打电话的活儿，斯泰西找了个在脱衣舞俱乐部谋生的加拿大人。他俩都不认为这桩差事值10英镑以上，但加拿大人开口要20英镑，最后得到了15英镑。

女人就是另外一回事了，因为她必须有一点演技，而且她可能会有麻烦，因为她确实是要引发骚乱。斯泰西雇了个二百多斤的爱尔兰女人，名叫露西・奥马利。她曾是一名女摔跤手，也没有什么案底——只有几次醉酒闹事而已。她拒绝低于50英镑的报酬，不像其他人，她充分察觉到斯泰西一定是有什么大动作。

全部加起来不超过100英镑，这样就有了余钱。斯泰西给他们预付了一半的酬劳，把余下的100英镑放在一边，然后狂喝滥饮了好几天，其间他设法管住了自己的嘴，也没有惹是生非。

当他周一晚上向佩恩先生汇报时，他似乎成竹在胸，包括对自己。

“一根筋”是个可靠的人物，一个不怎么社交的年轻人。他周一下午偷来一辆车，将车开到他继父经营的灰色产业——汽修厂里，给车换了一张新牌照。来不及重新喷漆了，但他将车搞得更加不堪了一些，这样一来，就算万分不凑巧，周二早晨车主经过奥氏的门口，也大概率认不出自己的车来。当然，整个过程中，“一根筋”都戴着手套。

他也于周一晚上向佩恩先生汇报了进展。

莱斯特并不真的叫莱斯特，而是叫莱纳德。他出生并成长于巴勒姆，在那里，他的母亲和朋友们都叫他莱尼。他讨厌这个名字，就像他讨厌自己的姓氏和脸上的痘痘一样。尽管他持之以恒地抹药膏，但痘痘每隔几个月总要复发一番。他拿自己的姓氏“琼斯”没有办法，因为那印在他的社保卡上，但用莱斯特替代莱纳德，那就是走向自立的一种姿态。

另一个姿态就是他离开了家乡与母亲，住进位于诺丁山门的单间公寓。第三个姿态——也是最重要的——就是他与露西尔的友谊，他是在一间名叫威士菲士的爵士俱乐部认识她的。

露西尔自称是个演员，但唯一的佐证就是她偶尔会在俱乐部里唱歌。她的歌声走调但响亮。每次她唱完，莱斯特总会请她喝一杯，她点的永远是威士忌。

"有什么新闻吗？"她说，"莱斯特小子，有什么新鲜事吗？"

"我今天卖出一条钻石项链，价值250英镑。马斯顿先生非常高兴。"马斯顿是珠宝部的经理。

"马斯顿先生很高兴。大买卖。"露西尔心不在焉地环顾四周，用脚打着拍子。

"他可能会给我加薪。"

"一周再加十先令，以及补助你的扁平足。"

"露西尔，难道你……"

"不。"对莱斯特而言，自我解放的巅峰，他最遥不可及的梦想，就是有朝一日露西尔会来和他共同生活。可还差得远呢，她甚至还没和他同床共枕过。"听着，莱斯特小子，我清楚自己想要什么，面对现实吧，你还没有资格。"

他草率地问道："什么？"

"钱，票子，绿色能折起来的玩意。没有它，你就一文不值，有了它，谁都伤你不得。"

莱斯特也喝威士忌，尽管他并不怎么喜欢。或许，要不是因为有威士忌，他压根就不会说："要是我有钱呢？"

"什么钱？你从哪儿弄钱——从储蓄银行里取吗？"

"我是说一大笔钱。"

"莱斯特小子，我不考虑那些毫厘小钱，我说的是真正的资产。"

屋内烟雾缭绕，威士菲士的乐队演奏得正起劲。莱斯特往后一仰，故意说："下周我就有钱了——几千英镑。"

露西尔刚要笑出声，转而又说："轮到我买酒了，我大方得很。喂，乔，再来两杯一样的。"

当晚他们躺在他一居室公寓里的床上，她让他尝到了甜头，他对她和盘托出。

"所以东西是要卖给格林利街一个叫兰比的人？"

莱斯特以前从未在一个晚上喝过这么多酒，六杯还是七杯来着？他感觉不太对劲，而且有点惊慌："露西尔，你不会告诉别人吧？我是说，我本来不应该……"

"别紧张。你把我当成什么人了？"她用涂了红指甲的手点了点他的脸颊，"再说了，我们之间不应该有秘密，不是吗？"

他看着她起床并且开始穿衣服："你不留下来吗？我是说，房东太太不会介意的。"

"没办法，莱斯特小子。明晚俱乐部见。不见不散。"

"不见不散。"她离开后他翻了个身，呻吟起来。他担心自己会呕吐，事实上也的确吐了。吐完之后他感觉好多了。

露西尔回到她位于伯爵府的公寓，她还有一个名叫吉姆·巴克斯特的男室友。他曾因暴力抢劫一家糖果店而被送进过少管所。在那以后，他还曾两次短期服刑。他听完她说的话，然后问："这个莱斯特是个什么样的人？"

"一个怪胎。"

"他有胆量骗你吗，你认为他的话靠谱吗？"

"他不会骗我的。他想让我等他有了钱之后搬去和他同居呢，我说我会考虑的。"

吉姆与她分享了自己的看法。然后他说："周二上午，是吗？在那之前，你先和这个怪胎玩玩。计划有任何变化都要告诉我。你能做到的，是吧，宝贝？"

她抬头看向他。他的左脸颊有道伤疤，她觉得这让他看上去迷人极了："我能做到。吉姆？"

"什么？"

"之后呢？"

"之后？这个嘛，要说销金窟，没有地方比得过伦敦，除了巴黎。”

莱斯特·琼斯同样也于周一晚上前去报到。露西尔对他温柔极了，这让他不再感到紧张。

佩恩先生向他们做了最后的介绍，并强调，时机，与任何类似的事件一样，是这次行动至关重要的因素。

周二早晨，刚过八点，罗西特·佩恩先生像往常一样起床。他仔细地洗漱、刮面，照例吃完早餐，一个溏心蛋，两片吐司和一杯不加糖的咖啡。奥利芬特小姐到的时候，他已经在店里了。

“亲爱的奥利芬特小姐。那话怎么说来着，你准备好迎接这个上午了吗？”

“当然了，佩恩先生。你要出门吗？”

“是的，事出紧急。一位美国藏家——我不能告诉你他是谁，他不希望被人知道——人在伦敦，让我去见他。他想买手稿——我向他保证绝对要保密，不然的话我肯定会说出来让你惊喜惊喜的。我正要去拜访他，所以得劳烦你看店一直到——”佩恩先生看了看他昂贵的手表，“最迟不过中午，那时候我肯定已经回来了。在此期间，奥利芬特小姐，我的店就托付给你了。”

她被逗得咯咯笑：“我不会让任何人偷走店里的商品的，佩恩先生。”

佩恩先生重新上楼回到他的公寓，那里他的床上摆着一套与他平时穿戴截然不同的衣服。不一会儿，他从小侧门出来，穿着打扮与奥利芬特小姐所熟悉的那个潇洒的退休军官完全不同。

他穿的是千篇一律的寒酸的成衣，城里的落魄文员常穿的那种，袖子和裤脚都磨毛了，领带就是一根脏兮兮的绳子。一缕缕姜色鬈发从满是污渍的灰色三角帽檐散落下来，他的脸也是灰扑扑的——灰暗而且皱纹更多。那是一张六十来岁的被生活击败之人的脸。

佩恩先生有一双明亮的蓝眼睛，但从侧门出来的这个人，感谢隐形眼镜的发明，则是一双棕色眼睛。这人缩着肩膀，提着一个相当破旧的手提箱从小巷子里走出来。他已经很难让人认出这就是正直的罗西特·佩恩。

事实上，如果非要对他这身提出批评的话，那就是他看起来过于像“小人物”了。很久很久以前，佩恩先生曾是名演员，尽管他的表演天分极其有限，但他一直喜爱并且极擅化装。

他带着一把非常逼真的枪，事实上，真要开火的话，它并不那么致命。他是个厌恶暴力的人，认为全无必要。

周一晚上告别佩恩先生后，斯泰西控制不住喝了几杯。闹钟将他唤醒，他闻到了煎培根的香气。妻子察觉到他有任务，来到卧室时正好撞见他正将“史密斯&威森”手枪从柜子里拿出来。

“比尔。”妻子叫他时他回身，“你真的需要这个吗？”

“你觉得呢？”

“别带它。”

“别傻了。”

“比尔，拜托。我有点害怕。”

斯泰西将枪放进裤子的后口袋：“不会用的。只是让我感觉更踏实一点，懂吗？”

他早餐吃了不少，然后给施林普·贝特森、露西·奥马利和加拿大人打了电话，确认他们都准备好了。对方均已就绪。妻子担忧地望着他。然后他上前道别。

“比尔，照顾好自己。”

“一向如此。”他说完就离开了。

周一晚上露西尔是和莱斯特一起度过的。这与她的本意截然相反，但吉姆坚持如此，说他必须掌握任何事到临头可能出现的变化。

莱斯特一点都没有胃口。她带着几乎毫不掩饰的轻蔑看着他只喝了半杯都不到的咖啡，还将面包推到一旁。穿衣服的时候，他的手指抖得厉害，差点连衬衫的扣子都扣不上。

“就是今天了。”

“是的，我希望一切已经结束了。”

“别担心。”

他急切地说："我今晚去俱乐部找你。"

"好的。"

"那会儿我应该已经有钱了。我们可以远走高飞。哦，不行，当然不行——我得留下来工作。"

"没错。"她顺着他说。

他前脚刚出门，她后脚就给吉姆打了电话，通知他没有最后一分钟的变化。

"一根筋"和家人一起住。他们知道他有任务在身，但谁都没有提起这茬。只有他的母亲在门口拦住他说道："祝你好运，儿子。"父亲则说："别惹事。"

"一根筋"到车库取出那辆捷豹。

10:30。

施林普·贝特森肋下夹着一个牛皮纸包走进皮草部，一边假装看皮草一边四处走，试图找到一个合适的地方放下小包裹。柜台有好几个顾客，没人注意到他。

他在楼梯边的皮草处停下，躲进窗洞，将小小的金属圆塞从牛皮纸包中拔出来，按下制动开关，然后迅速离开。

他快到门口的时候，有人点了点他的肩膀。他转过身来。一名店员手里拿着牛皮纸站在那儿。

"抱歉，先生，您好像落下了什么东西。我发现这张纸……”

“不，不，”施林普说，“这不是我的。”

没有时间可以浪费在争执上。施林普转身，半走半跑地穿过大门来到楼梯口。店员仍然跟着他。人流蜂拥而上，施林普因为急于避开他们，滑了一跤，把肩膀擦伤了。

店员正犹豫不决地站在楼梯上，突然听到嗞的一声，转身就看到了火苗。他立刻跑下楼梯，紧紧抓住施林普的胳膊说：“你最好还是跟我回去，先生。”

燃烧弹如期起火，烧着了窗帘盒的一端。几位女士在尖叫，其他店员则忙着抢救皮草。弗拉克——一位店面侦探，迅速赶到现场，并组织使用了灭火器。他们花了不到三分钟的时间将火扑灭。

店员满心愤慨地将施林普拉到弗拉克面前：“就是他干的。”

弗拉克看着他：“燃烧弹，嗯？”

“让我走，这事与我无关。”

“咱们找经理去谈吧，如何？”弗拉克说着将施林普带走了。

现在是10:39。

露西·奥马利看着镜中的自己，她硕大的头颅上顶着一顶过于窄小的帽子。与她身形相匹配的假鳄鱼皮手袋，这会儿正放在旁边的椅子上。

“您觉得如何，夫人？”年轻的女销售员问道，对于顾客的反应以及自己接下来要说的话已有准备。

“难看极了。”

“或许它确实不适合您。”

“看上去真他妈糟透了。”露西说。她喜欢爆粗口，并且认为没有必要为此克制自己。

女销售员敷衍又尽责地笑了笑，再次朝帽子走去。她指着一顶宽檐的黑色帽子：“或许这样的更合适？”

露西看了眼手表。10:31。到时候了。她走过去拿起自己的手提袋，打开一看，便尖叫起来。

“发生什么事了吗，夫人？”

“我遭贼了！”

“真的吗，我认为不太可能会发生这样的事。”

露西会用那种长官腔调说话，这会儿便有样学样：“不用你来告诉我什么可能发生，什么不可能发生，年轻人。我的钱之前放在里面，现在不见了。肯定是被人拿了。”

售货员轻易就被唬住了，她的脸红了。部门主管，一位气质优雅、长着鹰钩鼻的老妇人一个箭步冲过来，礼貌地询问是否需要她帮忙。

“我的钱被偷了，”露西喊道，“我刚把包放下一小会儿，里面的20英镑就不见了。这就是奥氏顾客的素质！”她说最后一句话的时候将脸转向了另一位顾客，后者听完，急忙走开了。

“让我们看一下，可以吗，只是确认一下。”老妇人握住手提包，露西也拿着不放，不知怎的，包里的东西全撒在了地毯上。

“你这个蠢货！”露西咆哮道。

“抱歉，女士。”老妇人冷冷地说。她捡起手帕、口红、粉饼、纸巾。毫无疑问，包里没有钱。“您确定钱放在了包里？”

“我当然确定。当时在我的钱包里。五分钟前还在。一定是这里的某个人偷了它。”

“请小声一些，女士。”

“我想多大声就多大声。你们的店面侦探在哪里，还是你们压根就没有店面侦探？”

西德利，三楼的另一位店面侦探，拨开已经围了一小圈的人走进来：“发生什么事了？”

“这位女士说她包里的20英镑被偷了。”老妇人忍住没有对“女士”这个词加以强调。

“我很抱歉。我们去办公室里谈可以吗？”

“不拿回属于我的钱我绝不罢休。”露西随身带着一把伞，她威胁性地挥了挥。然而，她同意去办公室。在那里，他们又检查了一遍手提包，并且开始质问泪水涟涟的女销售员。与此同时，露西偷偷扫了一眼时间，接着将手伸进外套的宽大口袋，然后发现了钱包。正如她所说，里面装着20英镑。

她道歉一番，尽管这完全不符合她的性格。她拒绝了回柜台继续选购的提议，自认为发挥得很好，离开了商场。

西德利说："别让我在深夜的时候碰见她。"

现在是10:40。

珠宝部的时钟刚指向10:33，一个女孩上气不接下气地跑进来对经理说："马斯顿先生，有一通找戴维森先生的电话，是美国打来的。"

马斯顿是个有点自负的大块头："那就转接进来吧。"

"转不了，这个部门的电话线出问题了，似乎坏了。"

戴维森听到他们提起自己的名字，赶紧走了过来。他留着平头，是个精干的美国人："应该是关于我太太的，她正在待产。电话在哪儿？"

"我们已经转接到行政部了，就在楼上。"

"那就走吧。"戴维森几乎是跑着出去的，那个女孩小跑着跟在后面。马斯顿不悦地盯着他俩。他发现有名店员——莱斯特·琼斯，看起来有些古怪。

“有什么问题吗，琼斯？你不舒服吗？”

莱斯特说他没事。切断电话线的行为真是把他吓坏了，但戴维森的离开，又让他觉得好多了。他想到了钱——还有露西尔。

露西尔刚和吉姆·巴克斯特还有他的朋友埃迪·格兰道别。他们配备了好几样武器，有弹簧刀、自行车链和黄铜指节，不过他们没有带枪。

“你要小心。”露西尔对吉姆说。

“不用担心，这就跟从小孩手里抢糖果一样，你说是不是，埃迪？”

“可不是。”埃迪说。他词汇量有限，而且几乎一直在笑。他是个手里有刀的恐怖分子。

加拿大人在脱衣舞俱乐部里打的电话。他身边还有个女孩。他告诉她这会是一场大笑话。当他听到戴维森的声音时，时间刚好过了10:34，他说：“是戴维森先生吗？”

“是我。”

“这里是芝加哥詹姆斯·朗·福斯特医院的产科，戴维森先生。”

“什么？”

“您能大点声吗？我听不太清楚。”

“有我太太的什么消息吗？”戴维森大声说。他在商场总机旁的一个小电话亭里。对方没有回音。“你好？在吗？”

加拿大人一手掩住话筒，另一只手在女孩裸露的大腿上游走。“让他再急一会儿。”女孩笑了。他们能听见戴维森在问他们是否还在线上。然后加拿大人再次开口。

“你好，你好，戴维森先生。通话信号好像不太好。”

“我能听清你的声音。有消息吗？”

“不用担心，戴维森先生。你的妻子很好。”

“她生了吗？”

加拿大人笑了：“耐心点，这事你可急不得。”

“那你想告诉我什么呢？你为什么打电话给我？”

加拿大人再次将手掩住话筒，对女孩说：“你来说点什么。”

“我该说什么？”

“不重要——就说我们串线了之类的。”

女孩倾身过去，拿起电话：“这里是接线员，请问您要找谁？”

戴维森站在电话亭里急得冷汗涔涔。他将拳头砸向电话亭的墙壁。“该死的，你快下线，把电话转回产科。”

“这里是接线员，请问您要找谁？”

戴维森突然清醒了，这女孩一口东伦敦腔。“你是谁？你在要什么把戏？”

女孩将电话交还给加拿大人，看起来有些害怕：“被他发现了。”

“该死。”加拿大人再次接过听筒，但刚才女孩说话时没有掩住话筒，她的话被戴维森听得一清二楚。他放下电话，推开电话亭的门，奔向楼梯。他边跑边解下了腰后的左轮手枪。

现在是10:41。

“一根筋”将捷豹平稳地停在为奥氏顾客保留的空车位里，看了看表。10:32。

没人盘问他，甚至没人多看他一眼。好极了，他想着，再简单不过。然后他的手紧紧握住了方向盘。

他从后视镜中看到，就在他身后几米远的地方，站着一个警察。三个人明显是在找警察问路，警察正在查看一份伦敦地图。

好吧，“一根筋”想，他除了我的背什么都看不到，而且几分钟后他就会走了。时间还很充裕。佩恩和斯泰西预计得到10:39或10:40才会出来。没错，还有充裕的时间。

但当他从后视镜里看到警察的时候，“一根筋”感到自己的胃里生出一股空虚之感。

几分钟前，10:24，佩恩和斯泰西在首层杂货部旁边的员工电梯碰面。之所以选择这么早就碰头是为了避免在他们需要用电梯的时候电梯正在运行。尽管根据莱斯特的观察，它只在一大早和傍晚时分最繁忙。

他们直到10:30才需要使用电梯。如果到那时候电梯还一直没空出来，那他们就太不走运了。如果他们真的有那么不走运——佩恩先生已经用他天生赌徒的伪哲学说过了，那么他们就取消行动。但即使这么说，他也深知这话作不得数，已经走到这一步了，他是不会回头的。

两个人没有交谈，但一边浏览着炒面、伊米托斯蜂蜜、甲鱼汤一边稳步向前，朝电梯走去。杂货部挤满了顾客，这两个人毫不起眼。佩恩先生先一步来到电梯前并摁下了按钮。他们运气不错。门开了。

几秒钟后，两个人都进到电梯里面。依旧没人说话。佩恩先生摁下数字3的按钮，然后在经过二楼之时摁下了紧急停止。电梯猛地停了下来。现在外面再想用电梯是不可能的了，只有找工程师来解除紧急停止的装置——当然，或是从电梯里面操作。

斯泰西微微颤抖。电梯设计成货梯，因此宽敞到足以容纳20名乘客；但斯泰西有点轻微的幽闭恐惧症，尤其是一想到他们现在正卡在楼层中间，他就更紧张了。他说："我想等你再次按下按钮的时候，这破东西会继续动吧？"

"别担心，朋友。相信我。"佩恩先生戴着橡胶手套打开了那个破旧的手提箱。手提箱里是两件红色长斗篷，两顶卷卷的白色假发，两片浓密的白胡子，两副角质的大框眼镜，两个红鼻头，还有两顶带大绒球的帽子。“对你来说，这或许不太合身，但你不能否认，这是完美的伪装。”

他们分头穿衣服。佩恩先生像以前一样，穿戏服这件事让他感到高兴，斯泰西则有点不情不愿。这个想法很聪明，没错，他不得不承认这一点。当他望向电梯里的小镜子，看到圣诞老人正在看着自己，他很高兴地发现自己已经一点都认不出来了。他故意将手枪从外套拿出来，放进红斗篷的口袋里。

“你要明白，斯泰西，不存在使用武器的问题。”

“除非我不得不这样做。”

“不存在。”佩恩先生严正地重复了一次，“压根不需要使用暴力。这是一个人承认自己缺乏智慧的行为。”

“咱们得拿枪指着他们，不是吗？表明我们是动真格的。”

佩恩先生撇撇嘴，承认了这一令人难堪的必要性，尽管在假胡子后面看不太出来。

“还没到时间吗？”

佩恩先生看了看表：“现在是10:29，我们10:32整——你或许会觉得这过于精准——再行动。沉下心再等等，斯泰西。”

斯泰西哼了一声。他由衷佩服起自己的同伴来，佩恩先生这会儿正对着小镜子仔细端详，调整着自己的胡须和假胡子，把斗篷系得更为舒适。终于，佩恩先生点点头，说“开始行动”，然后按下数字3的按钮，这让斯泰西在钦佩之余又多了一份怨恨。他这会儿牛气，等下真正开始行动的时候看谁厉害，斯泰西心里想道。他戴着手套的手摸了摸枪，这让他对自己的力量与效率有信心。

电梯抖了抖，向上运行，然后停了下来。门打开。佩恩先生将手提箱放在打开的电梯门边，这样就能让电梯门一直开着并保证电梯停在三楼。然后他们走出电梯。

对莱斯特而言，从戴维森离开一直到电梯门打开前的这段时间是不折不扣的折磨。

当佩恩先生向他们介绍情况时，整件事情看起来好像简单极了。“这只是一个完美时机的问题”，他这样说。“如果每个人都扮演好自己的角色，斯泰西和我不用五分钟就能回到电梯里。筹划是这项行动的核心，就像每一次科学行动一样。没有人会受伤，没有人会遭受经济损失，除了——”他说到这里看了一眼莱斯特，没有温度的眼睛里闪过一丝亮光，“除了保险公司。我觉得咱们当中就是心肠最软的人也不会替保险公司操心吧。”

一切都很好，莱斯特完成了自己分内的任务，但他并不怎么相信其余的部分会按计划进行。他很害怕，但除了害怕，还混杂着一种失真感。

即使戴维森已经去楼上接电话了，他仍然难以相信计划能顺利推行下去。他正为一位清瘦的老妇人展示人造珠宝，她不断地要求往她瘦弱的脖颈上试戴项链，他一边戴一边望向电梯，电梯上方是钟，戴维森离开后，指针缓缓地从10:31移动到10:32。

他们不会来了，莱斯特想。一切都结束了。一股喷薄的解脱之感伴随着些许的遗憾涌上心头，不过还是以解脱为主。然后电梯门打开了，走出来两个圣诞老人。莱斯特开始发抖。

“年轻人，”瘦女人不悦地说，“你的注意力好像不怎么集中。你们没有蓝色和琥珀色的吗？”

按照安排，莱斯特会点点头，表示戴维森不在部门里，如果出了什么意外，那就摇头。他这会儿像得了圣维特斯舞蹈症一样，扭曲地点了点头。

瘦女人看着他，吃了一惊：“年轻人，你怎么了？”

“蓝色和琥珀色，”莱斯特前言不搭后语地说，“琥珀色和蓝色。”他从柜台下面拉出一个盒子开始翻找。他的手抖得厉害。

佩恩先生的推测完全正确，这时节任何一个部门出现两个圣诞老人，都不会有人感到惊奇。他愿意将这认为是他独有的特征风格——不夸张地说，是一种富有创造性的天才设计。珠宝部里有12个人，其中有一半在看俄国皇家珠宝。事实证明它们的魅力并没有亨利·奥尔宾爵士期望的那么大。另外3个人在闲逛，一看就知道并没有消费的打算，还有3个人在柜台边，分别由莱斯特、一个叫格伦尼的女售货员以及马斯顿本人接待。

圣诞老人的出现只是徒增大多数人看到这个稍显造作的人物形象时所感受到的欢庆感。即便是马斯顿都几乎没有朝他们看一眼。在圣诞前的几周时间里，商场里有六七个圣诞老人，他估计这两个是要去同在三楼的玩具部的，或者是去“罗宾汉在舍伍德森林”板块的，这是今年为儿童专设的展览。

两位圣诞老人一起走过楼面，似乎就要穿过地毯部去玩具部了，但他们经过莱斯特所在的位置后便分开了。佩恩先生走到连通珠宝部与地毯部之间的拱门，斯泰西则突然转身背对着莱斯特走向经理办公室。

马斯顿正向一个美国人推销一枚祖母绿胸针，但对方拿不准妻子到底是不是会喜欢。他一抬头，吃了一惊。他自然不愿意在公共场合大惊小怪并且丢下自己的客户，但当他看到斯泰西将手放在了自己那间虽小但神圣的办公室的门把手上时，他对美国人说了一声：“失陪，先生。”然后对格伦尼小姐说：“请照看一下这位先生。”——言下之意是别让这个美国人把祖母绿胸针给偷了——然后喊了一嗓子，虽然声音不是很大，但也足以被认为是粗野的喧哗了，“等一下，你在那里干什么？你想干什么？”

斯泰西没理他。他遵照了佩恩先生的指示。在某些时候，商场的人不免会意识到发生了偷窃，但将这个反应过程拖延得越久越好，佩恩先生这样说道。斯泰西自己倒是更愿意立刻拔出枪，吓住任何可能制造麻烦的人，但他还是照佩恩先生的意思做了。

经理办公室不过是个小隔间，办公桌上整齐地摆着文件，桌子后面的墙上挂着半打钥匙。莱斯特说过，展示柜的钥匙是从左数第二把，但为了演得像样一点，斯泰西取下了所有钥匙。他刚转身，马斯顿就打开门进来，看到了斯泰西手中的钥匙。

经理并非怯懦之人，他立刻就明白发生了什么事，他并没有说话，试图与入侵者搏斗。斯泰西掏出手枪，朝马斯顿脑门上重重一击。经理倒地，头上流出了血。

办公室的门还开着，无须再做任何伪装了。斯泰西举起手枪大喊：“都给我安静，只要照做就没人会受伤。”

佩恩先生拿出他的玩具枪，并用不同于自己平时文质彬彬的语调说道：“待在原地，都别动。我们五分钟内就离开。”

有个人说：“好吧，我真是倒霉。”但没人乱动。马斯顿躺在地上呻吟着。斯泰西走向展示柜，先用一把错的钥匙装装样子，然后插入了正确的那把。柜子一下子就开了。珠宝就那么摆在里面，没有任何保护措施。他将其他钥匙扔到地上，戴着手套的手伸进去，拿起皇家珠宝塞进口袋。

能成功，莱斯特难以置信地想，居然就要成功了。他入神地看着一串闪亮的东西消失在斯泰西的口袋里。然后他察觉到瘦女人正在把什么东西往他手里塞。低头一看，他惊恐地发现那是一把全新的大折叠刀，已经打开的刀刃上闪着危险的寒光。

“这是买给我侄子的。”瘦女人悄悄说，“他经过你的时候，刺上去。”

按照之前的安排，如果莱斯特的行为引起了轻微的怀疑，他应该假装袭击斯泰西，而后者则会给他一拳，力道刚好能将他击倒在地就行。然而，一切都如此顺利，那就没必要这样了，可现在莱斯特似乎别无选择。

当两位圣诞老人倒退着穿过房间走向员工电梯，用手枪（一把真枪和一把玩具枪）指着柜台旁的人时，莱斯特虚张声势地举起折叠刀，外强中干地对斯泰西发起了进攻。与此同时，在斯泰西另一侧稍后方的马斯顿也站起来，踉跄着朝电梯的方向冲去。

斯泰西一看到莱斯特手里的刀，更加不以为意，他认为这是毫无必要的哗众取宠。他将枪换到左手，用右拳朝莱斯特的腹部狠狠地来了一下。莱斯特被打得躬下了身子，刀脱了手，他倒在地上，极度痛苦地扭曲着身体。

这一拳耽搁了斯泰西的时间，马斯顿差点就能捉住他了。佩恩先生迅速撤退到电梯口，大声警告，但经理已经追上斯泰西，捉住了他的袍子。他没能成功扯下红斗篷，但他的另一只手摘下了斯泰西的假发，他本来的棕色短发暴露无遗。斯泰西抢回假发，挣脱出来，用左手扣动了扳机。

或许他自己都说不清究竟是想击中马斯顿，抑或仅仅是想阻止他。但子弹没有打中经理，却击中了莱斯特，后者刚刚支起身子单膝跪地。莱斯特再次倒地。格伦尼小姐尖叫起来，另一位女士哭出了声，马斯顿停下了脚步。

佩恩先生和斯泰西就快到电梯口的时候，戴维森从地毯部的入口处冲了过来。美国人从口袋里掏出左轮手枪开始射击，一系列动作一气呵成。斯泰西疯狂还击。然后两位圣诞老人终于进了员工电梯，门在他们的面前关闭。

戴维森看了一眼空荡荡的展示柜，朝马斯顿喊道："有没有可以通知到楼下的紧急警报装置？"

经理摇摇头："而且我的电话也用不了了。"

"他们切断了线路。"戴维森转身从地毯部朝客梯跑去。

马斯顿来到莱斯特躺着的地方，六个人围在他身边，包括那个瘦女人。“我们必须喊医生。”

那个他之前接待的美国人说：“我就是医生。”他朝莱斯特弯下腰，莱斯特的眼睛瞪得大大的。

“他怎么样？”

美国人压低声音说：“他腹部中弹了。”

莱斯特似乎挣扎着想要起身。瘦女人扶了他一把。他坐起来，看了看四周，说：“露西尔。”然后突然喷了一口血，再次向后倒去。

医生再次弯腰察看，然后抬头说：“我很抱歉。他已经死了。”

瘦女人给莱斯特的盖棺论定比他应得的慷慨得多：“虽然他不是一个很好的营业员，但他是个勇敢的年轻人。”

“一根筋”坐在商场外偷来的捷豹里，等待警察离开。但对方毫无离开之意。那三个人和警察正对着地图上的某一处指指点点，那个警察还在笑，他们好像在说什么愚蠢的笑话。真该死。“一根筋”暗自想道，难道这家伙没有活儿要干吗，难道他不知道自己应该四处瞎逛吗？

“一根筋”看了看自己的手表，10:34，马上就到10:35了——现在，那三个人终于走了，但一个十几岁的小姑娘走了过来，警察带着节日的好心情弯下腰跟她说起了话。

这样可不妙，“一根筋”想，我要是待在这里的话就等于在把他们三个往警察手里送。他驶离停车位，再次看表。他急于离开警察的视线范围。

他想，绕着街区开一圈，只绕一圈的话用不了一分钟，那我还有两分多钟的空余。然后要是那个警察还在那里，我就开着发动机停在离他几米远的地方。

他沿着杰西特路开，“一根筋”将车开走一会儿后，那个始终没朝车子看过一眼的警察也离开了。

按照佩恩先生的计划，他们应该在员工电梯里脱掉圣诞老人的服装然后走出电梯，就跟他们进电梯时一样，恢复成令人尊敬的普通市民的样子。但他们一进电梯斯泰西就说：“他击中我了。”他猩红色的袍子在右臂的位置出现了一块斑渍。

佩恩先生按下下楼的按钮，他很自豪，在这等紧急时刻，自己的头脑仍然清晰且富有逻辑。他大声说。

“没工夫脱衣服了。不过，就算走在大街上这一身也是很好的伪装。‘一根筋’会等着我们。我们出了大楼就上车，到了车上再把它们脱掉。戴维森起码还得再过两分钟才能回到部门。”

“我得去看医生。”

“我们先去找兰比。他会解决的。”电梯呼呼地往下运行。几乎是胆怯地，佩恩先生提出了困扰他最厉害的那个问题："莱斯特怎么样了？"

"他中了一枪。"斯泰西的脸色发白。

电梯停住。佩恩先生整了整斯泰西头上的假发。"他们不可能比我们还快，没有这时间。我们就这么走出去。记住，不要走得太快，悠闲一点，正常地走。"

电梯门打开，他们走了50米左右来到杰西特路的出口。他们被一个男孩耽搁了一小会儿，他冲向佩恩先生，抱住他的大腿，喊着讨要圣诞礼物。佩恩先生轻轻拉开他，对他母亲低声说："这会儿是我们的休息时间，稍后回来。"然后就走开去。

现在他们来到了街上，但完全没有"一根筋"或者捷豹的踪影。

斯泰西开始咒骂。他们从奥氏门口穿过马路，在丹尼鞋行门口站了一小会儿，尽管两人都觉得这段时间格外漫长，但事实上，只有30秒而已。行人好奇地看着他们——两个戴着假鼻子的圣诞老人——但他们并没有引起格外的关注。他们有些奇特，没错，但这种奇特与这个时节牛津街上的节日装饰保持了一致。

"我们必须离开，"斯泰西说，"我们不能坐以待毙。"

"别傻了，我们走不出一百米就会被逮住。"

“计划，”斯泰西郁郁地说，“去他的完美计划。你要是问我……”

“他来了。”

捷豹在他们身边停下，不出一会儿，他们就上了杰西特路，将奥氏抛在了身后。戴维森大约一分钟后赶到现场，但等他问到目击者，得知两个圣诞老人上车的信息之后，他们已经在半公里之外了。

“一根筋”开始解释发生的事，斯泰西在朝他咒骂，佩恩先生打断了他俩。

“没时间了。先把衣服脱掉，之后再谈。”

“宝石到手了吗？”

“到手了，但斯泰西中枪了。被美国侦探打了一枪。不过我认为还不算太糟。”

“那谁，莱斯特，他还好吗？”

“有点麻烦。斯泰西朝他开了一枪。”

“一根筋”没再说什么。他不是一个喜欢抱怨已成定局之事的人。他将自己的感受全表现为驾驶过程中有节制的野蛮上。

趁着“一根筋”开车的时候，佩恩先生脱下自己的圣诞服，并帮助斯泰西脱下他的，然后将假发、胡子、鼻子连同服装全部塞回手提箱。斗篷从他右臂上褪下时，斯泰西的脸皱了一下。佩恩先生给他一块手帕让他捂住。与此同时，他建议斯泰西交出珠宝，因为等会儿是佩恩先生与销赃人交涉。事实证明这两人仍然信任着佩恩先生，斯泰西二话不说就交出了珠宝，而“一根筋”不仅没有提出反对，甚至一声未吭。

他们转入安静的乔治王风格的排屋，兰比就住在这里。“15号，右手边。”佩恩先生说。

吉姆·巴克斯特和埃迪·格兰已经在街上晃悠了好几分钟。露西尔从莱斯特处探知了“一根筋”开的是什么车。他们立刻认出了那辆捷豹，并朝车子慢慢走过去。车刚在兰比的家门口停下，他们也走到了车前。斯泰西和佩恩先生下了车。

吉姆和埃迪毕竟没有太多经验，他们犯了一个基本的错误，那就是没有等“一根筋”把车开走再行动。吉姆掏出弹簧刀，指向佩恩先生的肚子。

“干脆点，老人家，把东西交给我们，你也不会受伤。”他说。

汽车另一侧的埃迪·格兰就没这么圆滑了，他直接将一条短自行车链条挥向斯泰西。斯泰西被打中了头部，直接倒地，埃迪骑到他身上，对他拳打脚踢，翻查他的口袋。

佩恩先生痛恨暴力，但他具备自卫能力。他一个侧步，一脚飞踢，刀直接从吉姆的手里被踢飞了。然后他摁下了兰比家的门铃。与此同时，“一根筋”走下车来，朝埃迪·格兰的后颈狠狠一击，直接将他放倒。

在接下来的几分钟里，同时发生了好几件事。在路口的地方，一位目击了全程的老太太大声且持续地吹响了警哨。兰比同样看到了正在发生的事，并不想卷入其中，于是让男仆千万别去应门和开门。

被埃迪·格兰拳打脚踢的斯泰西掏出他的枪，射出了四发子弹。其中一枪击中了埃迪的胸部，另一枪打中了吉姆·巴克斯特的腿。埃迪捂着胸口沿路逃走，在转角处一头撞上了两个正匆匆赶往事发现场的警察。

“一根筋”没管开枪的事，回到车里直接驶离现场。他以最快的速度弃了车，然后回家去了。

当警察拖着叽叽歪歪的埃迪抵达现场时，他们发现斯泰西和吉姆·巴克斯特躺在地上，几位街坊都已经准备好向他们讲述方才发生的乱斗情形。他们也问询了兰比，自然，他什么都没见到也没听到。

那么佩恩先生呢？鉴于刚才发生的混战，而且兰比显然并不打算应门，所以他便沿着马路走开了。转弯后他找到一辆计程车，让司机将他带到了距离书店几百米外的地方。接着，一位不起眼的无名人士拎着一个破破烂烂的手提箱，走进了狭窄的侧门。

当他再度成为古董书商罗西特·佩恩先生时，他开始反思，事情办得很糟糕，犯了大错。但所幸，都不是他的错。毫无疑问，珠宝成了烫手山芋，得在手上放一段时间，但毕竟没有丢。

斯泰西和“一根筋”是专业的——他们不会乱说话。尽管佩恩先生这会儿还不知道莱斯特已经死了，但他十分清楚，那个年轻人可以伪装成一个受伤的英雄，不会受到严厉的审问。

所以当佩恩先生下楼与奥利芬特小姐打招呼时，他吹起了《还有一线希望》的口哨。

“噢，佩恩先生，”她颤声说道，“您提前回来了。还没到十一点半呢。”

那是真的吗？的确，没错。

“那位美国藏家——我是说，您将手稿顺利卖给他了吗？”

“但愿如此，还在交涉中，奥利芬特小姐。或许还要一些时间，但我希望能有一个成功的结果。”

时间不紧不慢地来到了两点半，奥利芬特小姐在午后走进他的私人小办公室。“佩恩先生，有两位先生要见您。他们不说是什么事，但他们的样子看起来——呃，有点好玩。”

佩恩先生一看到对方，甚至还没等他们出示警察证，他就知道这事一点都不好玩。他带他们上楼去他的公寓，试图搬出一套自己的说辞，但他知道一点用都没有。督察说，他们还没有拿到搜查令，但他们肯定要把佩恩先生带走，如果他愿意交出来，那就可以省一点事……

佩恩先生给他们看了。他将珠宝和伪装圣诞老人的道具交给他们。然后他为下属的软弱叹息一声：“我猜是有人招了。”

“不，恐怕是你疏忽大意了。”

“*我*疏忽大意。”佩恩先生着实吓了一跳。

“没错，你被人认出来了。”

“不可能！”

“完全可能。当你离开奥氏走到街上时，出了些状况，你等了一会儿，是不是这样？”

“是这样没错，但我当时伪装得很好。”

“擦鞋匠丹尼知道你叫什么，对吗？”

“是的，但他不可能看到我。”

“他不需要看到你。丹尼从地下室里看不见人脸，这你也知道，但他确实看到了些东西，于是来向我们报告。他看到了两双腿，还有某种红色斗篷的下摆。然后他看到了鞋子。他认出了其中一双鞋，佩恩先生。不是你现在穿的这双，而是那边地上的那双。”

佩恩先生望向房间那头的黑皮鞋——这双鞋与他扮

演的寒酸小文员的形象如此相称，以及黑色皮革上那一道被自行车挡泥板刮坏的，决定性的，致命的，易于辨识的——划口。

图书在版编目（CIP）数据

侦探小说短篇集 /（英）马丁 · 爱德华兹编 ; 夏彬彬译. -- 北京 : 中国青年出版社, 2024. 6. -- ISBN 978-7-5153-7347-8

Ⅰ. I561.45

中国国家版本馆CIP数据核字第202471ZP67号

著作权合同登记号：01-2021-6069

侦探小说短篇集

作　　者：（英）马丁 · 爱德华兹
译　　者：夏彬彬
责任编辑：彭岩　刘晓宇
出版发行：中国青年出版社
社　　址：北京市东城区东四十二条 21 号
网　　址：www.cyp.com.cn
编辑中心：010 – 57350407
营销中心：010 – 57350370
经　　销：新华书店
印　　刷：北京中科印刷有限公司
规　　格：889 mm × 1194 mm　1/32
印　　张：8.375
字　　数：130 千字
版　　次：2024 年 6 月北京第 1 版
印　　次：2024 年 6 月北京第 1 次印刷
定　　价：42.00 元

如有印装质量问题，请凭购书发票与质检部联系调换
联系电话：010 – 57350337